文庫 11

芭蕉

新学社

装丁　水木　奏

カバー書　保田與重郎

文庫マーク　河井寛次郎

目次

芭蕉

使用テキスト　保田與重郎全集第十八巻（講談社刊）

はしがき

近世の日本思想を云ふ上で、芭蕉を除外し得ないことは、道としての日本の思想の現れ方を考へた者には、瞭然たる事實である。

さりながら文學者の思想とは、既にある思想の形態や結論を借り來つて、これを己が作品に描くといふ如き形で現れるものではない。文學者の思想を語ることが、古い思想的典籍を解說するほどに容易でない理由はこゝにある。

既成外來の思想に立脚して、芭蕉の所謂思想を云々することが、文藝學を稱し、芭蕉の新解釋と唱へられて、近來さかんに行はれてきたが、これは困難な對象に當つて、安きにつく態度であり、同時に事を謬つた態度である。これらは芭蕉自身の思想の、生々發展の相を、その文業に於て明らかにするものでなく、西洋の文藝學ないし美學的な思想論を、芭蕉といふ我國の對象に擴大するものにすぎなかつた。これはわが本意とするところでない。

著者の意趣は、芭蕉の最も文學的な發想にあくまで卽して、最も思想的なものを闡明せんとした點である。卽ち日本の詩人と美の歷史に立脚し、舊來の西洋の思考による芭蕉觀の一排を期するものであるが、概念的な思想を傍に置いて、それに合ふ如くに、彼の思想的な語彙文言を羅列するといふことは、勿論我が本意ではない。

如上の意味に於て、舊來芭蕉論に對し異を立てる目的はないが、屋上に屋を重ねる愚は避けるべし、その論の本質的な異同については、たゞ見る者を待つ。

本文については、俳句及び連句の若干の代表作を解釋して、わが主張の趣旨を整ふべきであつたが、この小册子に於ては、その片鱗にふれる以外は不可能であつた。なほ卷末附錄中の略年譜は、多少本文の記述をおぎなひ、同時に本書を讀むに當っての栞たらしめんとした。又元祿七年當時文人一覽表は、すべて讀者の興味の活用に待つものである。かくて本書が今日の知識人のもつ教養的芭蕉觀を是正する一石たり得れば幸甚である。

あたかも本年は芭蕉歿後二百五十年目に當つて、より〳〵記念の催も行はるゝと云ふ、この日自分は、故人の魂魄なほこの世に留るとの思ひをしきりに味ふ。詩魂に對して果して如何。この年に、わが小著を梓に上すに當り、殊なる奇緣を思ひ、これまた文人の冥加ならんと、初夏一夕の愉快を深めて筆を擱く。

昭和十八年六月

著者自しるす

祭と文藝

芭蕉が生涯のいのちを賭けたものは、僅か十七文字からなり立つ詩形であつた。しかしこの詩形の短さを、奇妙な驚異として見るといふことは、明治の文明開化の文藝観以前の時代にはない考へ方だつた。十七文字からなり立つ、世界無比の短詩形といふことについて、新時代の文學が、かういふ短い形でよいのかといふ疑問と不安を味ふことは、明治に入つて後の時代に初めてきざし、今も殘つてゐる思想である。ある明治の代表的批評家は、この最短詩形を以て、わが國人の思考上の怠惰と短氣を示す證據だと云うた。又ある種の慷慨派の詩人は、さういふ短い形の表現にきりつめられた、そのころの詩人たちのいのちと、うつしみの處し方を、國民性の消極的な淡白さを示すものと考へ、この形の原因を把握しようとした。

これらの人々は、當時勃興した十九世紀歐洲文學の民族的開花の中で、彼の諸國に對抗するに足る日本文學の建設を指導する議論を、わが文壇で行つてゐたのである。芭蕉に對する近代人の見方は、このころから徐々に一變する風潮に入つた。

その時代、即ち明治の前期の世界文學界の情勢を見ると、歐洲に於ける各民族は、各々自國自民族を代表する大作家をもち、彼らに一大長篇小説を描かせる機運に向つて、あらかたその現れも成熟してゐたのである。この氣運に對抗するため、わが國の文藝批評家は、わが民族の新文學の確立によつて、東洋唯一の獨立國の光榮と體面を維持建設しようとしてゐた。その努力に精魂を傾け注いだことは、まことに一應當然と考へねばならない。

かうした時務の急のため、情勢論を説いて文明開化の論理を至上としたことも、愛國の志といふ點に於ては、必ずしも一概に否定し難いものであつた。しかしそこで、たゞ量の問題のみを見て、芭蕉より馬琴がよいと無下に云うてゐるやうな事實は、今でも私には馬琴を否定する意は毛頭もないが、以前の批評家のさういふ發想と言説は、考へ方として未しいことであつた。

國民詩人として、多く傳説化され、すでに生前より漠然とした神祕につゝまれがちだつた詩人芭蕉は、そのころでもなほ神として祀られてゐたのである。從來芭蕉を語つた者は、この一箇偉大の詩人を祭るために、己のもつ美しい言葉の一切をさゝげるばかりであつた。彼芭蕉を批評するといふことは、その人をなつかしみ、尊んで祭ることの他になかつた。彼を神としてうやまふために、つくりあげられた文飾のあることばの集積は、國の文學面にあらはれる民族の祭りの、あらゆる様相を示してゐる。

わが歴史は祭りの歴史であつた。文藝の歴史も、實に詩人にあらはれた神を祭る歴史に他なかつたのである。

思へば、私も新しく芭蕉を祭ることばのために、長い間の準備をつとめてきた民族詩人の一人であり、さらに民族の文學の祭りに奉仕しうる文人の一人だと、今も誇りをもつて口にするのである。

しかし明治の文明開化ごろの批評界に於て、芭蕉を祭る一事に關して云うても、その考へ方はすでに徐々に變つてきてゐたのである。芭蕉を崇敬する心持、さらに尊敬せねばならぬと感ずる心持は、文藝と思想の論理の當期當期の流行によつて、いくどもとりかへられてきた。さうしてこの移り方の中に、文明開化以來のわが思想の動きを眺める時、日本の詩人のみちの衰へを明らかに知ることが出來たのである。

芭蕉を民族の詩人とする久しい間の國民の祈念が、何に發したものであり、又如何なる理由が、芭蕉をこれにふさはしくしたかといふことは、意識してしたことと無意識の面との二つがあり、それは追つて後ほどに云はうと思ふことであるが、芭蕉をして、さういふ民族の詩人たらしめようとした努力は、芭蕉を神祕の傳說につゝむ傾向をおのづからさかんならしめた。しかもこの芭蕉を傳說化しようとする國民の祈念はすべてが、己のうちなる心もちのあらはれだつたのである。詩文文藝に於ける民族の祭りのこゝろもちは、さういふ形をとるものであつた。

しかし文明開化の論理は、必ずしも人心の祈念や傳統に對してまづ眼をむけるといふほどに、心やさしい考へ方ではなかつた。その論理は、祭る心情を分析して、國ぶりの思想を見つけ出すまへに、時務に役立ち有效なやうに見える思想を外に求め、それに立脚する合理的判斷によつて、芭蕉傳説の外相の分析を始め、外のものによつてはかることの出來る範圍で內を規定した。歴史や祈念や悲願もふくめて、すべて民族的な傳統に對して、深い關心といふものをもたなかつた。詩心ゆたかなものがこれを見れば、まことにそれこそ兒戯の科學主義であつた。芭蕉觀の傳統觀念を民族の思想として正しくするために、その內部に立つてことを正すための、系譜や歴史について考へるといふ思想は、文明開化の論理の中にはあり得なかつた。けだしさういふことの出來る文藝の學問は、異國にあるわけはなく、同時に當時のわが國の志のある知識人のもつてゐた國史感覺はさほどに衰へてゐなくとも、風雅のみちの流れについての歴史上の知識は、殆ど皆無に近かつたのである。

　さうしてこの結果の惡弊は、わが知識人が、國史感覺を失ひ出した第二期の文明開化時代に極つた。國史の知識を得るまへに、すでに國史感覺を失つたからである。さういふ狀態で國史精神の回復はあり得ない。

　さすがに子規は、純潔な魂と氣節をもつてゐた。この人はひそかにうちにたくはへた志によつて、わが國風を以て、十九世紀の長篇文學に對抗すべきことを主張し「歌人に與へる書」をつぎつぎに誌したのである。彼はまづ俳句の改革を考へ、歌の復興をめざした。さういふ主張の大體は近世以來の繼承であつたけれど、明治日本の文藝の指導者が、すべて一樣に國際情勢に驚き、彼方の論理を以て日本の改革をはかり、彼方の情態と等しなみに我をなさんとする情勢論のために、懸命になつてゐた日に、子規が初め俳句の復興を云ひ、一轉して國風の改革に轉じたことは、俳句和歌の短い形式こそ國民の怠惰を示すものであるなど考へた人の眼のつけどころと、大いに異るものがあつた。

子規は和歌俳句を以て、十九世紀的長篇文藝に對抗しうるとし、道の一點を凝視したのである。しかしその論の立て方に、多分に情勢論的觀點のあつたのは止むを得ない。しかも彼は少くとも勤勉の度を、獨逸觀念論的體系の有無によつて測るほどに、智的に粗野な人ではなかつた。けだしその理由を學んで知つた學人でなく、生れつきの魂をもつ達人だつたと思へる。

しかしながらその子規が、芭蕉に對する「傳統的な尊敬」を批判した初めての人であり、明治の御代をわが身に體した志で、この傳統に對して批判風に抗議した時には多分の合理主義もあつたのである。しかも彼の芭蕉批判のもつた威力は、彼が明治の御宇の人だといふ點で、生氣のあるものであつた。天分でも論理でもない。智慧でも理論でもない。所謂時代の力でもない、特定の偉大な明治の御宇の力であつた。一代以前のことばで云へば「王政復古」の威力であつて、「文明開化」の勢力も、大いにこれに依據してゐたものに他ならない。

かうして子規の芭蕉觀は一代を壓倒したやうに見える。それより時代が下つて、今では芭蕉は、傳統や傳說や、民族のあらゆる文學的祭典から切りはなされ、一箇の西洋風思想に立脚する「古典文藝」とされ、新しい文藝と思想との移入の度に、變つた形で弄ばされる對象となつたのである。しかし子規の場合は、十七文字世界の貧弱さを云ふものではなかつた。芭蕉の思想の隱遁消極を口にするのでもなかつた。しかも彼が、わが民族の祭りの一表現であつた文藝の歴史から、無造作にこの傳統的國民詩人を切り放した點で、私は子規の歴史觀の未しさに痛恨するのである。

けだし子規は、おほむね民族の魂と志の歌に泣きつゝ、理を立て、は文明開化的な先鞭をつけねばならなかつたのである。しかしこれは若年ながら、長い病に苦しみ、氣を負うて世俗と闘ひ、純情の一徹を生き貫きつゝ、殆ど天壽がその事業と相伴はなかつたこの人の生涯をみれば、我らの遺憾は、子規歿後の痛恨であらうし、遺弟の墮落を痛打すべきところと思はれる。

子規は、芭蕉の文學史上の偉大を認めつゝ、久しい間の神位から下さうとした。芭蕉の名聲は、必ずしもそれによつて、國民と知識層の間から下落することはなかつた。その後も時代の急な移り方と共に、次々に海外から移入され、我國の文明開化を促進する任務を與へられた新しい人文思想の流行に應じて、その種々の意匠を以て、芭蕉の文藝と詩人は色々に説かれた。芭蕉の思想として、人間性として、人生觀として、あるひは心理として、生成として、悲劇として。そしてそれらは明治末期より昭和現在に及んで、小宮豊隆と芥川龍之介の二つの傾向に集約されるのである。

この二つの傾向に於て、その周圍に包括されるものは無數にあるであらう。しかし近代的な知識に立脚するこの二つの傾向の芭蕉觀は、大體今日の教養的芭蕉觀の基本である。かくて藝術的とか思想的とかいふ類の芭蕉觀は、大體この兩者の芭蕉觀の內か外か、ないしそのけぢめのところで描かれ、多少の色彩と意匠を異にしてゐるにすぎない。さうしてそれらに共通することは、芭蕉を傳統と歴史と國民生活の長い流れからきりはなし、西歐文藝學的な「古典文藝」として眺め、歴史と系譜を無視した。たま〳〵それを云ふ場合にしても、その歴史觀や系譜觀が、我國の國民の生命の本質と無縁な思想に立脚してゐるといふことである。

この事情は、小宮氏が芭蕉の生成過程を、あくまで無慙な形で二分し、芥川氏が彼の詩人の慟哭の中に、民族の深い歴史の歎きを何一つよみとり得なかつたといふ、今日云へば悲しい事實に見るのである。さうしてその深い歎きについては、子規は一歩踏み込み得なかつたけれど、必ずしも無縁でなかつたのである。むしろ子規は傳承樣式の末期的惡弊のおびたゞしさに歎き、その惡弊を知るゆゑに、一般的には國風擁護的見地から、かの荒々しい血氣の處理に當つたのであつた。

今日の我々は、芭蕉に抽象的な悲劇をみるのでもない、彼を對象として、概念的な美學を考へ、空虛な國際概念としての文學をみるのでもない。今日の芭蕉論は、彼の中に藝術や心理をさがして、西洋人の作つた思想論や藝術學やあるひは詩人論の應用のために、古典的芭蕉を素材としようとする如きものであつてはならない。我々はさういふ狀態に文明開化的善意を見ると共に、いまはしい文化植民地狀態を、より多く眺めてきたのであつた。その類の考へ方が今日では、戰ふ思想や文藝とならぬといふことは、申すまでもないほど明かなことである。

しかし明治以降の大正時代の芭蕉觀が、さういふ形で文明開化の考へ方に墮ちて行つた一方で、つゝましい形ではあるが、芭蕉を民族の文藝として復興するだけの土臺はつくられてゐた。さういふものの現在の成果を、私は頴原退藏などと云ふ人によつて代表せしめるのである。頴原氏の考へ方は、芭蕉の中に何をよむかといふ點から始つたものでなかつた。芭蕉を祭つた民族の心もちを、今様の思想のことばで云はうとするところから始つたものでもなかつた。また芭蕉自身の祭つたものを一列にとり出して、それをある思想や文藝として、抽象して人に示さうと、考へたのでもなかつた。芭蕉の祭つたものを、さかしらだてて近代思想に換言するまへに、芭蕉を祭つてきた人々と同じ心持を、新しい御代の叡智の學問と常識から行つたのである。

これは今では、芭蕉を祭つた人々を祭るほどのなつかしさを帯びたものと考へてもよいであらう。私はこのゆき方を、つゝましくといふ言葉で形容したいのである。さうしてさういふ行爲の方法は何だつたかと云へば、頴原氏は自身でも註釋といふことばで申されてゐる。今の状態を考へて、芭蕉の復興の根據となり地盤となるものは、實にこのつゝましい心ざしの成果にあつたのである。しかもこのつゝましさといふことは、絶對のつよさであり、文學がさかんに起る可能性は、かういふところにあるのである。

これはさらに深く歴史といふことを考へ、國ぶりに思ひをこらせば當然に心づくことであつた。それについて、こゝで註釋といふことばの意味を考へると、近世の註釋といふ考へ方は、わが國のみちを明らかにし、歴史を知識の中に確立する方法だつたのである。體系を作り、その必要として神を要請し、神話を立てて、こゝに世界観を作るといふことは、わが國のみちの學問の方法でない。これが不用なことだといふことは、わが國のなりたちや、歴史をみれば明白なことである。

わが國の傳はるみちと國がらのなりたちは、つねに歴史の事柄の絶對にあらはれてゐるのである。だから我國の學者思想家にあつては、體系として世界觀を作り、國の根本を説く思想の基礎を、人爲的に立てる代りに、この天造の國がらの絶對の事柄を註釋すればよい、從つてそれには古典を註釋すればよい、この考へ方は、近代世界で日本の學者文人だけが知つてゐたことであるが、日本だけが、さういふ場所のひろさでものの云へるありがたい國だつたからである。

十九世紀の以前の、民族的な國家獨立運動の時代の歐洲に於ても、その獨立運動の原動力は民族の傳統にあらねばならぬと考へる位のことなら、ほゞどこの國にもあつた愛國思想だが、その時代に最もいたましかつた獨逸人は、殊に深くそのことを考へ民族の神の歴史を求めたが、その無慙な中絶に氣づいた時、彼らは新しい神を要請する世界觀を次々に立てねばならなかつた。その頃、同じ見地に立つて、同じ切迫を味ひつゝ、しかも同じ志を、日本の國學者は古典の註釋事業によつて、おのづから大樣に表現し得たのである。この確信の雄大さは、わが國の道に立脚するのである。

芭蕉に關する近代の學問の状態を見ても、すなほに古のことを、あるがまゝに克明に、仔細に示してくれた人の方が、今の現實の新しい創造力の根源となるものを、與へるものだといふことを、明らかに示してゐたのである。なまじひに芭蕉の新しい意義とか、新しい見方などといふことを云つた人が、芭蕉の本體を教へることは少しもなく、たゞ新しい西戎文藝學を芭蕉に象つて紹介しただけだつたといふことは、我々はしば〳〵經驗してゐる。だから古い時代のことは、古い時代のまゝに明らかにすることが、第一義のことであり、我國には國の古の道が今も傳つてあるのだから、それだけで十分に現實關心を解く鍵となる。

この現實關心といふのは、我々が日本人として、何を如何にしたらよいかといふことの關心であり、これが志といふものである。さうして古のことを學ぶ上で、克明で正直なら、學ぶ對象から、現實性はひとりでに、己の考への上に現れてくるものであつた。卽ち新しいものはこの時におのづからにうまれる。またこの事情に通ずると、新しい意義とか、新しい復興といふことを、人爲人工の立場で苦しみあせつて考へる必要がない。又新しい思想を作らうなどと考へ、おのづから生るべきものを待たず、人工を旨と押し立ててゆくことの謬りにも氣づくのである。だから新しい意味を見つけようなどといふ、さかしらな考へ方もひとりでに止まるわけで、再檢討などといふことばで、今日の考へ方や思想に、古典的なものを從屬させてきたことなどは、もつての他のことだと知るに至る。

かうして現代の芭蕉復興の地盤が、とりたてて言擧げもされず、しかも着々とすゝめられてゐたことは、當然のやうだが、わが民族の永遠の證として、ありがたい事實であつた。さうして我々は、今では芭蕉の描いた系譜に從つて、日本の文人の歷史の考へ方をある程度明らかにしうるほどに、時代的にも思想は健かになり、文學はさかんになつてきてゐるのである。こゝで我々は近代的な抽象された文學觀や、美學藝術論の何かに立つて、芭蕉の時代の復活を、一つの文學傾向の名で、文字の上で云ふほどのひとりよがりは考へてゐない。それでも私らの云ひ方の方が、今でもなほひとりよがりのやうに感じられる傾きもあり、古い頭の人には、さういふ狀態が、なほ大方わかつてもらへぬのだから、まづ初めに芭蕉復興といふやうな、殆ど用もない言擧げから筆を起さねばならなかつた。

誰でも知つてゐるやうに、芭蕉は俳諧といふものに、獨立獨步できるまでの大きい力を與へて了つた。又その風格をも一變させた。これは一つにくるめると新風とも改革とも變革とも云ひうることである。しかしそれを可能にしたものは何であつたか。俳句といふ形に獨立性を與へ、自然現象の變化に卽した作者自身の感情を、自由に表現しうるに到つたといふことや、さうしてどんな傾向の人々も認めたやうに、あの深い思想と情をあらはし得たといふことは、天稟の外に傳統の力があつたからである。長い間の人々の努め念じてきたものの累積の上に、芭蕉は現れたのであつた。

季節を現す季語だけの問題にしても、芭蕉の一門では、今日の一部の人々に較べてさへ、ずつと自由と云へる位の心境に到つてゐたのである。さういふ自由を立て、ひとりだちを確保したことは、故事來歷や、古歌古物語のうたひこなし方の變化のあとをみてもわかることだが、さういふことの可能性の裏には、ずゐ分久しい間の傳統と、同心同志の形成といふことがあつたのである。

またこゝで考へたいことは、別々に切りはなして、別々の觀點から鑑賞できるものを、で解釋することが何故必要かといふ疑問である。これに對しては、我々としては、あゝもことさら努めて一つのつながりとし、長い歴史の中の芭蕉といふふうに、一本の筋道の中で解釋することが何故必要かといふ疑問である。これに對しては、我々としては、あゝも解せられる、かうも云へる、その立場ならかう、この立場ならかうだ、などといふ如き、つまり曲學阿世の態度立場で文藝を眺めてはならぬといふことを、一應明らかにしておくとよいと思ふ。民族文藝の考へ方では、かういふ曲學阿世者に少しでも隙を與へてはならぬのである。

今一つのことは、芭蕉に到つてひとり立ちした以上は、あへて以前に遡つて、來歷を云ふ必要もないといふ一見正當な云ひ分である。しかしこれはさきの説者とほゞ同じ立場で、事實の實状を見れば、心正しい者はさういふ云ひがゝりを撤回するにちがひない。さうして、こゝを悟つた人々には、さういふ形で自國の文藝と詩人を眺めることは、重大な文學觀の異りに原因があつたのだといふことをつけ加へておきたい。

つまり我々は俳句に於て、單なる文學上の修辭や形式を喜んで學ぶのでなく、芭蕉の志を道の上から眺めて、今の我身の行ひの活力としたいと思ふのである。我々は、あの立場この立場で結論の異る如き學問を考へてはならない。つまり、それらは時によつて場所によつて、説をかへうるといふことを自認する曲學阿世の態度だからである。西歐の諸他の思想によつて、わが國民詩人の部分部分を拔き出して、誇張して多少面白く云ふといふ如きは、そこに一貫したものを知る志がないから、これを曲學阿世と評するのである。

さらに我々は、西歐流の文藝理論や思想論を、芭蕉に應用するといふ傾向を喜ばないのである。何となればさういふことによつて、我國文學は決して豐富にはならないのである。もし豐富になつたものがありとすれば、それは西歐思想や文藝學が、わが國文學を新しい植民地としたといふだけのことであり、それこそ彼が新領土を得て、彼が豐富になつたと云ひ得るにすぎない現象である。

この三つの場合は舊來の考へ方の一例を云ふものだが、かういふ考へ方をよく見定めると、我々は、日本の文學の事實とは何であるかを、日本の歷史のみちから眺めようとする氣持に導かれる。日本の文學の實體は何であつたか、又日本の詩人は何であつたか、それを考へて、芭蕉を見る時、彼こそ、あらゆる代々の詩人が集つてつくりあげ、歷史を一貫してゐる日本文學といふ一つの道の、大きい花であることが知られると共に、又芭蕉といふ一人の中に、この民族の文藝の歷史が、生涯の生成史といふ形で現れてゐる事實を知るのである。我々の深く考へたいことは、この事實についてである。さうして芭蕉の例は、日本の詩人と文學の近世の形であるけれど、又一步立入れば皇神《すめがみ》の道義《みち》は言靈《ことだま》の風雅《みやび》に現れるといふわが古典の美の思想につながり、その思想と己の間に一途の通路をひらく機緣ともなるのである。

こゝでわが文學の歷史の中には、連歌俳諧の時代があり、この短詩形に安心し、又安住せんとした時代と詩人の志があつたといふこと、及びそれに附隨して、同じものを目ざす思ひの詩人の集りがあつたといふことを、まづ初めに考へたい。これは今日の文壇といふものの構成地盤よりは、ずつと激しい志の結合だつた。

十七文字に傳統があると考へた人々は、その形が我々國民の趣味にふさふ理由を、原始や起原や音韻學說で說かうとしてきたのである。その詩形は傳統となる形かもしれぬが、我々はこの形におちついて、これを傳統とした歷史の方を先に考へ、決して恣意にこの形のみを抽象して云はうとはしないのである。その形を云ふことも眞理かもしれぬが、詩人がこの形に安住するに到つた悲しい歷史を考へないで、抽象の形のみを云ふ說に私は從はぬのである。こゝに云うた悲痛な歷史とは、後にわかることである。

さういふ點から云へば、俳諧のことについて、文學的モンターヂユなどといふ考へ方で、いぢくつてゐたやうな最近の風潮は全く問題外である。一應に云へば、その形を抽象して、これが傳統となつたことについて、合理的說明をなすといふことは、その考へ方のよつて立つ場所と思想を顧みると、今の一般意見として、すべてしない方がよいと評したいものであつた。

十七字形を深く支へたものは、心をひとしくした詩人が、あはれとなげきを共にする仲間をなし得たといふ點にある。このあはれとなげきを共にするといふことは、近代文藝學流のいさゝかも關與して說き明しうるところでなく、ひたすら國ぶりの美を奉じ、國ぶりの美の運命をなげく、歷史の感覺に源するものに他ならなかつた。

我々が芭蕉をよんでうける深い感銘は、彼が舊來の面目を一新した俳諧の中に、何百年の詩人のなげきとあはれの、代々の心もちの累積のあとをみることである。それこそ國ぶりの美を守らうとした、詩人の悲願のあらはれであつた。こゝには何一つとして、抽象的に云ふべきものは見ない。みながみな、絶對で具體的な、歴史の感覺に結ばれてゐるのである。

しかもその護り傳へようとしたものは、やさしくおほらかであつたやうに、その悲願はすべて悲しみの中にゆたかさをもつてゐた。わが悲しみが、これほどゆたかだといふ國ぶりの印象と感覺とは、萬代に傳る國の自信の現れであり、この自信の一つのあらはれが、芭蕉の嚴肅な悲願をこめた志の文學の最後に到つて、さかんに口にした所謂「輕み」と云ふものの根柢となる思想であらう。

ある仲間と同心が、心もちをいたはりあひつゝ、その述志や趣味を等しい心に結んで、俳句や連歌俳諧の形を支へ、わが思ひをのべるのに、この形で十分だとの共通の感覺を作つたといふことは、これはわびさび派の文壇といふものの成立を云ふ事實である。彼らが心を一つにし得たといふことは、心を一つにしたい事情があつたからである。これは、初期の隱遁詩人の意識では、意識的に志を生かせるみちとして考へられたことであらうが、時と世をへるうちに、ある種の風俗化し、いつか文人志望者の衒ひとさへなる。さうするうちに後續文壇は、さういふ初期の詩人の志の描いた樣式と法則を、風俗化したものの中に形づくるやうになるのである。

だから抽象的に十七文字といふものを、音韻の上などから云々することの代りに、かういふ形に安んじうるに到つた事情を、我々は民族の歴史から考へるのである。歌でもよかつたものが、連歌俳諧となれば、この形とそこに描かれる情は、形の上でも心持の上でも、一そう危いところでは現はされ、それだけに強く人に支へられ同情されねば、その思ひが立たぬといふことは一目瞭然となる。相當に深い心ざしの仲間うちでなければ、連歌や俳諧はなり立ちはせぬし、形は細々なり立つても、心ばへはなく面白くもをかしくもないものとなるだらう。

つきつめて云へば、何かある特定の一語があつて、ふとそれにふれたやうな時に、口にした人も、聞く人も、お互にその一語が人の口から出たといふだけで、大きい機縁のやうなものを味つて、泣いて了ふといふやうな、そんな心意氣と風雅が、十分に共感されるやうな仲間うちでこそ、初めて、約束と規則で責めつけられてできたやうな短い詩は、その束縛から一瞬に解放されて了ふし、それは深く責められて、多くを云はず語らぬだけに、深切に人の心を泣かし得たのである。この共感同情によつて辛く生きてゆかうといふ氣持は亂世に殊につよい。

だからこの短い詩形にもとづいて、共感世界を作るためには、初期の詩人の志を失つた中ごろでは、しきりに約束と法規をたてかへねばならなかつた。しかしさういふことをしてまでこの形を護り、さらにそれを旺んならしめ得たのは、既に抽象的な形式のもつ力からでなく、一語一句で千古の情を云ひうるほどの切迫した感覺が、大いにあつたといふことの方に、即ち我國民の精神生活の方に原因がある。

さうしてこの初期の詩人の志を眺め、その後の時勢の移り變りをも了知し、道の志がどんな形で傳つてきて今に及んでゐるかといふことを、明白にする人が當然必要であつた。

それは先人の悲志を顯揚すると共に、もうそれを忘れてゐた中ごろの人々の風俗と習慣を正して、その中にも傳つてある道と志を指し、それの源にまで、人々の思ひを回想せしめる機能を示す人が必要であつた。つまり舊來の風俗から云へば、先人への回向といふことだが、さらに本源的なことばで云へば、詩に於ける民族の祭りである。芭蕉はそれを要求してゐる日に出現し、その要求に答へた詩人である。

それは俳諧を當時の風俗的形式と世俗的關心から救ひあげたといふ意味であるが、この救ひ上げるといふことの事情を、私はさきに云うたのである。この事情は人文主義藝術論から、芭蕉の人間と天才の問題として考へても、決してわかることでない。さらにこの時の芭蕉の、詩的祝祭へのきびしい奉仕が、彼自身を民族の詩人としたのである。だから芭蕉が俳諧俳句を救はなければ、それがどういふものになり、又どういふところへ落ちて行つて了つたか、これは想像できないことである。

芭蕉といふ人は、所謂歌の道といふものと、俳諧以下の雜俳體の文藝の間隙を、魔のやうにさつとくゞりぬけて、千古の大道を通したといふやうな大きい事業をしたのである。くりかへし云ふが、俳諧を救つたのである。その志による救ひ方といふことが重大な問題である。彼の使つたことばで云ふ「俗語を正す」とは、かういふ歴史にかゝはるやうな、偉大で峻嚴な行爲の思想をもつてゐるのであつた。彼がさういふ形で俳諧を救つたといふことは、卽ち芭蕉によつて、俳諧が日本文學本來のあり方の回想と自覺から、一層純化された古の道へとかへつた意味であつた。芭蕉の思想にしても、又その文藝にしても、その永遠な意味と云ふ限りでは、この回想と自覚との事情と歴史の樹立が主となるものである。しかし、この議論を聞いてくれる人は、今ではなほ大方奇妙な言としてこれをよむかもしれぬが、しかし今日では、數年前と較べても人心の危機觀は切迫し、ものごとへの思ひも火花となりやすい狀態に昂進してゐるから、いくらか私の云はうとすることの大筋も通るかもしれない。

短い詩形に十分さを感じ合ふ仲間同心が、その詩形の裏にあつたといふことは、さういふ仲間同心の心持を生み出す世の中があつたからである。この短い形への安らひは、決して不立文字風の悟りではない、さういふ悟りの考へ方に指導された、自虐的な表現ではなかつた。むしろ發生から云へば、後鳥羽院の申された、藝道への執心である。

後鳥羽院の申された執心と云ふものは、佛道の智識思想による悟りをあくまでならべ立てて、身にも行ひ、それに關する理論の何もかもを根かぎり云ひ行つたはてに、なほかつわが念々の執着を風雅にひらくといふやうな、極致の美しさと申すか、極端のつよさと申したいもので、これはもう儒佛いづれをも思想上の根據となし得ない境地の藝事の美である。この殆ど空前絶後の美の思想の構造については、私の別の著述を見てもらふがよいと思ふ。

ともかく仲間同心の作る文壇といふものは、典型的には時代によつて異るが、古くは古今集の同人がそれを作つてゐたし、中ごろでは新古今集の同人が、後鳥羽院の側近で作りあげてゐた。古今集の人々は、貫之の國風擁護の檄に奮起して、結局はもののあはれとみやびの唯美調に入つて了つたが、新古今集の同人は、院の側近にゐながら、大御心の極致についてはなほよく了知せず、その象徴呪歌調の美學を殆ど謎のやうに感じてゐた。この新古今文壇から、連歌俳諧時代がうけつがれたのである。

　さうしてその最後に出たやうなものが、芭蕉を中心とする文壇であつた。今のことばで文壇と云うても、さういふものの周圍のことでなく、中核のことを指すので、これはみな同心の一門の意味である。最も大切なものを、結合の原理とした集りであつた。芭蕉の場合は時代から云うても最後に當るが、氣持から云うても芭蕉は最後の人だと自覺せねばならぬ狀態にきてゐた。しかしそれだけに蕉門の人々は、ともかく芭蕉の生きてゐる間だけは、芭蕉の導くまゝに動き、心は深く解し得ずとも、師の悲痛な感覺はよくわかるから、さういふ關係から典型的な同心の仲間を形成してゐた。これをみても、芭蕉の偉大さは、今さらながら明らかである。

仲間の間だから、心持がたかぶれば、どんな謎でも分明であつた。しかし芭蕉以前の俳諧ではなほ、謎を智的に解くやうなことを主としてゐた。しかもその大方の高級なものさへ、古典文學の知識を手づるや鍵として、謎を解くといふやうなことが喜ばれてゐた。さうして中ごろでは、さういふ興味の方へだん／＼深入りして、昔の連歌師が、わびやさびを身の處世とした意味とか志や理由などは、次第に忘れがちになつたのは、むしろ當然のことである。

　しかもそれでゐながら、しきたりのまゝに、古典文學應用の文藝遊戲のやうな、本歌とりや故事の扱ひ方などを喜んでゐれば、それでよいのだといふ風俗をどこかでずつと傳へ、そのことについて疑ふものも、反省する者も多くはなかつた。

わびさびが修業人のみちのやうになつても、そのための教典を作ることなどは誰も考へず、やはり古典と云へば、わびさびと云つても、平安の優麗典雅な文藝を懐中であたゝめてゐたし、これを疑ひもせぬ、しかしこの風俗化は大たいよいことであつた。こゝでわびさびは形でなく心のあり方だといふ思想が、何といふ反省もなしに考へられた。これも古典のありがたさの一副産であらうか。

のみならずそれを疑はぬばかりか、まだ貞門時代の指導者の考へ方では、俳諧とは和歌連歌の古の正道に入るための、一般人の道程だと考へてゐた。この考へ方と、俳諧の獨立性を確信する氣分との間に、多少矛盾があると思ふのは、後代から理で見た考へ方にすぎない。しかしこの古い考へ方には、多少これが庶民文藝だといふ自覺といふか、卑下といふか、ともかくさういふものが考へられるが、俳諧をいぢるほどのものなら、百姓商家でも、今の知識階級といふ人々より、當時ではずつとはつきりした知識階級であつたし、今から見ても、彼らの文化を承認し得るのである。

だから一般には、文藝的風俗としてすなほにうけとつた上に、當時の指導者はかういふ考へ方をもち、この一般指導者の考へ方も、深い反省や自覺からきたものでもなく、すでに風俗化したものだつた。つまり貞門の一般人は、俳諧は俗のことばで歌の道を知る階梯と考へた。俗の中にあつて、歌の道と一貫する世界が俳諧だとはまだ悟らなかつたのである。

しかし名のある俳人や、史上の高峰をなす連歌師の場合は、さすがに古い傳承の發する志を忘れてはゐなかつた。傳受の形でうけつがれてきたものを、師道といふことばで後人へつたへたのは貞徳であつたが、彼の云うた師道といふことばのふくむ思想は、一貫したものを護持する歴史の志を云うてゐるのである。卽ちわびさびの志の面を、文人生活の上で傳へることであつた。

しかし芭蕉にしても、初めから志を立てて、古人の悲願に卽しつゝ、俳諧師を志したものではなかつた。むしろ彼は人より濃厚な形で、近世の文人の氣どりや伊達姿を己の身邊から發散させることを喜びつゝ、文藝世界へ入つていつた。さうして彼はその生涯の中で、隱遁時代の中世詩人の中間の時代をあまねく遍歷し、その眞面目な遍歷のはてに、後鳥羽院以後隱遁詩人の出現した源となつた志にたどりついたのであつた。民族の文藝と詩人を考へる上で、芭蕉の生涯を二分してはならぬといふ理由の大なるものはこゝにある。我々は風俗の中にある國のみちを無視してはならぬからである。さうして古池の悟りを、抽象的な禪家風の悟りと考へてはならぬ、さういふ考へ方が文明開化風だといふ意味もこゝにある。

芭蕉がかうして自分のつながる先祖の志を、一つの血脈として發見した時、しかもすでにその日には、自身を最後の唯一人と考へねばならなかつた。これは武家亂世時代を、古のみやびをしたひつゝ、わびさびの生活をしてきた先代の詩人の志と處生の悲痛さに較べてさへ、少しも劣らない悲痛さだつた。かういふ心境で、この間までの人々がしてきたやうな、古典文藝を鍵とした謎を作る俳諧から、芭蕉は一きはとび上つて、古人の志をそのまゝに、短い形の中で十分に寫し出すための生き方を工夫した。智的な謎の狀態に停滞しがちだつた俳諧は、こゝで直接に道の感慨として歌はれるやうになつた、さうするともう芭蕉の口からは、近頃の意氣のよい先輩がきづかなかつたやうな、激しい思ひつめたことばが、ひとりでに出てきた。この時仲間は一様に大いに飛躍したが、彼の孤獨感は、いつも仲間の志の飛躍の一歩上を歩んでゐた。

　芭蕉の感慨の深い俳句が、我々によくわかり、率直にひゞくのは、彼が詩人の志を、久しい歴史の上でみつけだしたからであつた。その以前の人々が、既に初期詩人の志を忘れて、さういふ雰圍氣から生れる樣式を、智的な技術にして了つてゐる事情に氣付いた時、芭蕉は一そうの歎きを味つた。彼は長い武家時代の詩人が、わびと云ひ、さびと云うて暮してきた志を思うて、何百年に傳る人々の思ひを、つねに心中で一つにしてもつてゐた。さういふ心持から、彼は何かの調子で感動する時、何百年の人々の聲を合せて一時に泣かねばならぬのであつた。この芭蕉の慟哭については、芥川氏などといふ人々が、何らの理解するところがなかつたのは當然である。

　しかし芭蕉が初めから晩年の心境を以て故人の志を知つてゐたなら、彼は別の形の人生を我々に殘したであらう。が、さういふことは恐らくないのである。我々は必ず自身の成長の中で、民族の歴史の時期をもたねばならないのである。又芭蕉の時代まで先行してきた代々の詩人が、寸分もたるむことなく、明確に故人の原始の志を傳へ、踏み行つてゐた場合にも、果して芭蕉はどんな形で出現したか想像の外である。芭蕉は復興者であり、保守者だつた、しかもそれが彼の變革者らしい斬新さの原因であつた。中途ではたるむやうに、あるひは中絶えるやうに、細々と傳へられた志を見て、それがもと〳〵初めさへおぼつかないものであつたが、その事情について彼が知つた時、今や彼の時代に於て、その志は白熱するまでに純化せられたのである。

しかしこれを時代から見れば、一方では隱遁詩人時代の最後の人として出てきたやうな、大和の下河邊長流が、心で泣きながら、その古いみちと代々の傳へを描き正してゐた。長流は無類の天才だつたが、努力では契冲に劣つてゐたから、結局長流の志と情は、契冲の力によつて、國學の寶となつたのである。同時に當時上方《かみがた》から江戸へ出てきた二三人の天才的な俳人が、芭蕉のまさに一歩前後で、談林調の江戸市井の感覺と異る、文學の國ぶりと風景を示してゐた。談林の宗因も、大坂から東下した人だが、談林の烽火の上げられた間なしには、しきりに優秀な上方詩人が東下してゐた。芭蕉などその中の最大巨星であつたが、當時なほ潛龍體を現さず、衆に伍してたゞ己の詩心を燃やしてゐた。

かくて芭蕉は次第に誰よりも深く、詩人の激しい熱情と美しい魂を傾け盡して、故人の志といふものを、血統の歴史として知り、その思ひに泣きつゝ、風雅のまことを後鳥羽上皇の御教へのまゝに護る道を念じた。しかしこれは程度の深さと、心の美しさにあることで、後鳥羽院の教へられたまことの思想は、大むね代々の隱遁詩人が、彼らの心細い世渡りの上で、精神の綱としてきたものである。しかも殆ど同時代に、芭蕉がこれを知り、すでにそのころ長流や契沖らの仲間うちでは、その思想の激しさから、大方明治御一新の前方さへ眺めてゐたのであつた。

　芭蕉がさういふ歴史をわが生命のみちとして見出し、隱遁詩人のもつたまことを、わが志として感じた時に、民族詩人としての彼の出現の一方の條件はできたのであるが、なほ他方で彼は、己がその意味で最後の詩人であるとの悲痛感を、當然感じねばならなかつた。この二つの條件こそ、元祿の成熟した文化の中へ、わが國の詩人の歴史を守ることのみを念じた無雙に悲痛な詩人を、生みだした原因であつた。當時のわが民族の詩人とは、わびさびの根柢に、國ぶりのみやびとおほらかさを兼ね、それを悲痛な崇高さで彩るやうな人であるといふことは、殊に最後の條件の必要は、武家專權の時代のみやびのあり方といふことを考へると當然のことであつた。

　こゝに於て、芭蕉をわが民族の詩人とする條件は、われらの中世以後近世史の事實の上でそなはつてゐるのである。しかるに、文藝學的な價値判斷によつて、彼を偉大な古典作家として論じる人々は、異國の孤立した古典作家と等しなみに、わが民族の詩人の思想と文藝を抽象して見ようとしてきた。さうして彼らは芭蕉の自覺した系譜さへ、孤立した過去の個々の思想として考へようとした。芭蕉の系譜は、貫道するものを云ふためのことばだつたことを知らねばならない。

　今日の我らが芭蕉に民族の詩人を眺め、我らの近い先祖が芭蕉をその意味で祭つてきたことは、さやうな近代の文藝學的な解釋とは何の關係もなかつた。こゝに於て、我々は、小宮、芥川二家に代表されるやうな、大正昭和にかけての芭蕉觀から袂別するわけである。たゞこゝで、芭蕉が最後の人としての悲壯感を味つたことは、一方では當時の文藝界の情態から考へねばならない、すでに江戸の文藝は、世俗生活の慣習になじんだ滑稽へと向ひ、市民的なしきたりに安住した無知太平の市民の要求する文學の製作に當つてゐた。しかしその安住は、一見悠々たるものがあつたが、根柢のものの上に安住した自然の文藝でなかつた。芭蕉にとつて、それらの容姿は大方さほどの問題でなかつた。その事情は世間のみでなく、蕉門内部の事情でもあつた。其角の如き天性大豪の文人さへ、芭蕉のもつ文藝史感覺の幾分をも解さなかつた。しかし芭蕉がひそかに心に味つた相手のものは、やはり大坂の西鶴の代表する風潮であつた。

才能から云つても、人生の經驗から云うても、あるひは古典的教養から云うても、西鶴は芭蕉に劣らぬばかりか、あるひは勝るものがあつたかもしれない。さうして彼は豐富な古典的知識と艷麗の天稟と雄偉の文章を以て、無雙の文藝をうみ出してゐた。芭蕉と西鶴の共通面はむしろ多いのである。けだし一點を別とすれば、これを別つことは難しい。たゞ一點の異る契點とは、萬代文人の生命とするところであり、芭蕉の感じた歷史の感覺といふもの、卽ちわが中世以後の文藝を支へてきた詩人の志の歷史が、西鶴にはないといふことであつた。

芭蕉が西鶴を評して、品が下つてゐると云うたのは、天稟素質のことでない。また文藝上の材料や素材や興味の點のことでもない。さらにまた西鶴の物質生活への關心のことではなく、ましてその出生を云うて、己が士家の出なることを誇つたものでは毛頭ない。彼がもし士家の出なることを誇りとしたやうな人なら、彼の歿後間もないのに、すでにその浪人原因や家系が曖昧になつたといふわけもないと思はれる。けだし彼が文人品格の高貴としたものは、文人として如何に詩人の志をうけついでゆくかといふ、この一點の凝視にかゝつてゐたのである。

西鶴の描いてゐたものは、隆盛に向ひつゝある市民への奉仕に終始する文藝に他ならなかつた。それは市民階級の勃興などといふことを重んじる、舊來歷史觀から見れば、進步的と云ふべき態度である。しかもさういふ近代の思想は別としても、西鶴の文學世界に現れる生活態度は、滿々として活氣を帶び、その文章も太々しい剛健さを示してゐた。しかもこの態度をさして、芭蕉がいやしいと云うたのは、民族の詩人たちの志の歷史の思想に立脚した批判である。文人の志の問題であり、道に結ばれるものの心もちを現したものである。さうして久しい民族の詩人の歷史を形成してきた、詩人のまことと志から、芭蕉は西鶴を排斥したのである。

しかしそのことは現實としてみれば、己を最後の人としてみいだす方へとゆかねばならぬ發想だといふことが、明らかに察せられてゐた。しかもかういふことを考へた芭蕉を、たゞ、闇中の牛の如き、山國生れの鈍重人と考へることはあたらない。浪花の俳人で、當時の市民的唯美調を代表するやうな風流人、小西來山が芭蕉を評して、若いけれど利巧さうな人物だと云うたことは、風雅と趣味に長じた代表的町家の旦那衆の、人なれた眼の見たところだから、間違ひのないところであらう。芭蕉のかういふ孤高の行き方は、鋭い眼と、美しい魂の凝視したところに他ならなかつた。彼は歴史を形作つてゐる詩人の志をみて、わが國の文人の悲痛な身上を味つた時、西鶴の代表する新しい文藝作家のゆき方と、全くの別世界を志してゐたのである。わびやさびの場合でもさうだが、さらに輕みと云はれた如き美の思想は、この志の立脚する信仰を解明することがないとき、全然理解されぬものであらう。

芭蕉のこの志の發想と、動き方やおちつき場所を、最も鋭く見たのは、むしろ芭蕉の名聲の高さを妬み、罵つた、後代の上田秋成であつた。秋成といふ作家は奇削の天才であるが、身近にある偉大に對して、つねに耐へ得ない焦燥感をもち、清醇無比の國風の文章と共に、小人物ぶりをあくまで露骨に示す文章を合せて誌したやうな作家である。誠實をもち天分に惠まれた近世無比の作家であつたが、すなほにその一筋を貫き得なかつたのは、恐らく天涯のみなし兒だつた性のつたなさからであらうか。

その秋成が、「去年の枝折」といふ文章の中で、芭蕉のことにふれてゐるところをひくと、「寔やかの翁といふ者、湖上の茅檐、深川の蕉窓、所さだめず住なして、西行宗祇の昔をとなへ、檜の木笠竹の杖に、世をうかれあるきし人也とや、いともこゝろ得ね、彼古しへの人々は、保元壽永のみだれ打つゞきて、寶祚も今やいづ方に奪ひもて行らんと思へば、そこと定めて住つかぬもことわり感ぜらるゝ也、今ひとりも嘉吉應仁に世に生れあひて、月日も地におち、山川も劫灰とや盡ずなんとおもひまどはんには、何このやどりなるべき、さらに時雨のと観念すべき時世なりけり、八洲の外行浪も風吹たゝず、四つの民草おのれ〳〵が業ををさめて、何くか定めて住つくべきを、僧俗いづれともなき人の、かく事觸て狂ひあるくなん、誠に堯年鼓腹のあまりといへ共、ゆめ〳〵學ぶまじき人の有様也とぞおもふ」とある。この「去年の枝折」といふのは、安永九年秋成四十七歳の時の作で、この年秋成は新居を購ひ、冬十月京都に遊んで、修學院離宮を拜し、その拜観記の一文をなし、同じ冬にこの文章を草した。

この秋成の考へ方は、大體彼の日常の考へ方で、芭蕉の態度に最も同情のない見方であるが、芭蕉が身上とした志には、まともにふれてゐるから、こゝにひいたのである。さうして今日でも、あるひはこのやうに反撥する人が、必ずないとは云へないのである。たとへば今日のやうな日に、何故幕末志士の文藝を旨として云はねばならないのかと、我々に向つて云ふ人々も、今までにもなかつたわけでない。しかし我々のみでなく、多數の國民が、今日ではそれらの志士の悲詠をよんで、わがいのちの慰めとし、わが思ひの支へとし、生き方の源泉としてゐることは、草莽の現象として否定できぬことではないか。まだ明治の初めごろには、國民の芭蕉觀の一つに、彼を朝廷の式微を歎いた慷慨家とする見方があつて、この見方についてはさうも云へるところもあり、それは理由を實例から云はずに承知できるところがあるが、ある人が二三の彼の作を證據として、かゝるゆゑに芭蕉は慷慨家だとしては如何かと問うた時、子規は明白にそれを否定したのである。このことは、二三の作によつて、慷慨の精神を外面の證據から實證せんとする考へ方がよくないので、さういふ考へ方で芭蕉を慷慨志士といふことは、まことに子規の云うた如く否定すべきであるが、全然別箇の形で、彼の志に傳はるわが國の詩人の生き方といふ上から云へば、芭蕉は慷慨の志士ではないが、それと同じ志をもち、わが國の創造力の根源となる最も大切なものを、復興して傳へた重大な民族の詩人だつたのである。

今我々はそのことを考へ、芭蕉が詩人の歴史を見て、本邦の詩人の實相を感じ、かくして復興した傳統の隱遁詩人のもつた、後鳥羽院以後の志を新しくしたいと思ふ。それは芭蕉が出て、新しくしたところの古來よりの傳統であつたが、今日我々は芭蕉を新しくするといふ形でそれを復活せねばならぬ。歌は朝廷のものといふのは、わが傳統思想である。隱遁時代の詩人が、心にみやびの文學をもつことによつて、武家政權の威儀の文化と名利を芥の如く棄て得たのは、みやびの文學に見たものを考へると當然のことである。かうして日本の民族の詩人とは何であつたかを明らかにすることが、芭蕉自身のうちにもつてゐる課題であり、芭蕉の文學とか思想とか詩人の成長といふものも、さういふ問題として解きあかされるのである。

野ざらしの旅

芭蕉を語る人々は、今でも大體に、貞享の以前と以後の間に、一線を劃してゐる。即ちその以前の芭蕉は、芭蕉らしくないと考へ、さういふところから、芭蕉といふ詩人と作家の觀念を作つてきたのが、近代の藝術觀に立脚した考へ方であつた。しかしこの貞享の初年を劃紀として、芭蕉の心境と作品を前後に別つ考へ方は、古い時代の芭蕉觀と一見外觀上で似たものがある。しかし古い傳統の芭蕉觀で、貞享三年を芭蕉の轉機と見た考へ方と、近代の藝術觀の芭蕉を二分する考へ方とは、それらの立脚する背後の思想が全然別のものである。古い傳習のものでは、芭蕉の個人の歴史から考へ、しかもわが國の詩人の歴史といふ思想に立脚したが、近代のものは、近代の藝術論で、芭蕉の作品を抽象して分析し、芭蕉觀に先行するものとしての近代の藝術觀念があるのである。從つてそれらの二つのものの異るところは、所謂前期芭蕉の扱ひ方によく現れる。舊來の芭蕉觀でも貞享三年を、芭蕉の分岐點とみたが、これは芭蕉の全生涯に、わが國の詩人の數百年の歴史を象つてみたものである。近代の藝術論で芭蕉を云ふ場合にも、歴史や傳統を云はないわけではないが、さういふ「歴史」や「傳統」と芭蕉を別箇のものとして考へる。この考へ方は芭蕉の道の考へ方に立脚するものでなく、芭蕉はさうした考へ方で、故人や歴史を考へなかつたのである。

芭蕉の作品の事實から見ても、又感慨の展き方から云うても、貞享ごろから、面目を改めたといふことは確かである。しかしその變化の原因はどこにあつたか、彼は大事件にあつたのでも、新古の思想書の何かにふれたのでもない。舊來より詩人の當然なすべきものとしてきた一つの修業の旅が、芭蕉の舊來の作風をそのまゝにして、詩心の方を自覺させたのであつた。

こゝで舊來の作風をそのまゝとしてと云うたが、この日に何が變化したかを考へ、さらにどういふあらはれを變化として眺めるかといふことを、ふかく考へることが必要である。その一變したと思はせる程の感慨をふくむ作品が、却つて舊來の癖に立脚したものであつたといふ事實は今も云うた。それなら形は舊態として、詩人が變貌したのかといふと、それも芭蕉本人は、その内部の詩心で、一貫して自然なものを味つてゐたにちがひないことが、その作品から十分に察知せられる。卽ち心の内に生きてゐたものが、ことにふれて自ら現れ、それが、詩心としての現れを示すやうになつたのである。

こゝに於て詩人の變貌を云ふものも、一貫の血脈の確證を考へる者も、芭蕉が野ざらしの旅で眺め、感じ、味つた心のうちのものの實體を、對象から考へねばならぬ。彼は風雅生活のしきたりの旅に出て、初めてしみ〴〵と見たものは、風雅生活の根源となつた現物の歴史と風景であるが、それを旅して享けとるといふことは、國史の實體にふれることであり、詩人の風雅の美とするものは、さういふ感受性に發するものだといふ事實がこゝで明らかとなる。これは芭蕉の知つたことであり、又我々が彼に於て見るところである。この事實からは彼の藝術が一變したと一概には云へぬであらう。さうして芭蕉がこの機會から以後、眞の芭蕉らしくなつたと云ふ人々は、單なる芭蕉作品の分析にかゝづらふことを止めて、さういふ芭蕉の生れる機緣となつた野ざらしの旅の印象の本質について一そう深く考へるべきである。

この意味で、私はその作品に現れたもののみを云ふ、近代の文藝學派の考へ方に追從せぬのである。かういふ形で芭蕉といふ像をきづくことに對して、さういふ人々の文學の考へ方に、私は今も激しく反對する。まづさういふ人々の文學觀に不滿だつたし、またさういふ考へ方の上で約束されてゐる芭蕉といふ觀念像は、眞の民族の詩人としての芭蕉の像ではなく、芭蕉の辛くも守つた民族の文學を云ふものではなかつたのである。

しかし傳統的な見方が、貞享といふ年を區劃としてきたのは、貞享三年の春に、芭蕉庵で例の「古池や」の句を作つたことを、蕉門の人々が先に立つて重大な轉機と說いてきた例もあつて、この舊來の說は、明確に作品と年月を斷言してゐる點で、却つて修辭的である。これは今日の嚴密な記錄の觀念で年月作品を決定したものでない。それは歷史を祝祭する者の立場が、好んで用ひる修辭なのである。卽ち舊來の說に貞享三年の悟達を云ふのは、芭蕉の全生涯に民族の詩人としての歷史を眺めそれを祝祭する意圖より出たものであり、その生涯の全體を祝祭する考へのあらはれであつた。だからこの年月と作品を斷定したやうな議論の方が、貞享を芭蕉變貌の過渡期とみる近代藝術觀の考へ方より、却つて表現上でもゆとりのあるものであつた。

勿論、貞享初年を過渡期とみる見方にも二つの立場がある。事實としては、貞享初年、殊に野ざらしの旅の大切な作品に於ては、舊來作風や癖を露出したものの方に、近代の人々の所謂芭蕉らしい思想感慨が濃厚に出てゐる。この事實を、所謂近代の芭蕉觀に立脚して過渡期と云うてきたのである。これは芭蕉が舊來の癖を洗ひおとす日を期待した思想の現れだが、芭蕉の生涯に民族と詩の歴史の一典型を見る立場は、この過渡期的現象の性格と本質を、混雜したものとしてみる代りに、もつとありがたい歴史の事實のあかしとしてみたのである。

これは芭蕉を尊敬する立場が、現れ方を異にしたといふのではなく、歴史觀や文藝觀や詩人觀といふ思想の異りに原因するものである。相手の絶對的な事實をみて、己の現實の創造生活を念ずる者の立場を我々は確保するやうにせねばならぬ。我々は無下に芭蕉を偶像視して尊敬するために、近代の思想に立つ人の過渡期觀に反對するのでなく、自身の創造的使命を發揮するための絶對感からこれを考へるわけである。

舊來の人が貞享三年の「古池や」の句を記念作として表現した思想は、その考へ方から見ると、却つてゆとりのあるもので、芭蕉を自分らの觀念像の方へ一變させるやうな考へ方に立たず、むしろ芭蕉の示した歴史に己も従ふといふ態度を現したものだが、子規はかういふ表現のうらづけの思想のもつゆとりなどは無視し、この古池の句が突發的なものでも、獨創でもない、その形から云うても、いくつもあつた同型同着想の作品の後に出たものだといふことを、多數の先行作をあげた上で論じてゐる。まつたくのところ、この一句をとつて突然の轉機を示す句だといふやうなことは、私も贊成しない。さきの如くに修辭的に云ふ限りなら問題はないが、芭蕉自身もかういふ論理から、轉機といふことを云はなかつたと思へるし、同門の人々も、かういふ修辭によつて、彼ら自身の詩の歴史の考へ方をあきらかにし、それを祝祭するための派手な表現として自分を力づけるやうに表現したのである。

　このやうな見方は眞の詩人の歴史の姿を見る上で、大へん重大なことで、つまり詩人の念願や悲志に、努めてふれるやうに讀むべきである。さういふものは、露骨に口にされなかつたといふ事情もあつたであらうが、又頭の中ではとくに忘れて了つたやうな状態で、何かの機微に於てふと現れ、それによつて辛くも傳へてゐたといふ例も多い。武家時代以後の文人の場合、特にそれが多いのである。かういふわけで近代の文藝學から、過去のことを粗雜に云ひきる人々の考へ方には、ことごとに困るところが多いわけである。

　しかし子規の場合には理論上にも缺點がある。これは重大な缺點だが、初章にも云うたやうに、子規は歴史として詩と詩人を考へるといふ點で缺けてゐたのである。しかし子規以後の近代の文化主義者らが、子規のこの説をあらかた排して、傳統的な轉機の説を支持する形を示してゐるのも、文學者の轉機に對する考へ方で、私の贊成せぬところであつた。

そして子規の場合はなほ感覺として保つてゐた國史感情を、この近代の人々は全然殘してゐないことが、歎かはしく思はれるのである。

　この貞享初年の野ざらしの旅を、ある轉機と見るのは、それでよいのである。しかしこれによつて芭蕉の生涯と作品を二分することは、さういふ形に見方や考へ方をもつてゆく人の文藝観や詩人観が、間違つたものに立脚してゐるといふことを、私は豫め强調しておきたい。舊時の説は時代を分つための轉機として見たのでなく、緊密に一貫するものを形成する、原理を發見したといふ上での、轉機だつたからである。

　近代の文藝學の作品批評には、重大な誤謬があるから、さういふ考へ方に立脚した作品批評の上から、「野ざらし紀行」以後を以て、芭蕉が芭蕉らしい詩人に入つた記念碑とする考へ方は、重大な間違ひに立脚するわけである。

　野ざらしの旅の意義は、決してかりそめに云ふべきものではない。貞享元年の八月だから、芭蕉四十一歳の秋であつた。門人の千里《ちり》を伴つて深川の草庵を出た芭蕉は、東海道を旅して、伊勢路に入り、外宮に詣でて、九月故郷に歸り、母の遺髪を拜し、

　　手に取らば消えん涙ぞあつき秋の霜

の一句を回向した。それより大和の國を行脚して、千里の故郷竹内村に到り、こゝにしばらく滯在したのち、一人吉野の秋を探り、次で山城、近江、美濃と、古い歴史の土地を巡吟し、熱田に詣で、歳暮再び伊賀に歸郷した。翌年は二月再び奈良を訪れ、京都から湖南を巡つたが、熱田に出て木曾路に入り、甲斐を通つて江戸に歸つた。この前後九月に亙る

旅の紀行が「野ざらし紀行」である。

　野ざらしを心に風の入《し》む身かな

の句で始められ、「甲子吟行」あるひは「草枕」とも呼ばれてゐる。

　この行を共にした門人の千里は、大和國葛下郡竹内村の人で、この度の古畿内を訪ふ旅にこの同行を得たのも、恐らく芭蕉にその志のあつた時に、たま〳〵千里の誘ひがあつたからであらう。寛文十二年二十九歳で江戸に下つてから、貞享元年までは相當の年月があつたが、その間に延寶四年三十三歳の夏の終りにしばらく故郷に歸つただけだつた。さればこの旅こそ實に旅の詩人芭蕉の初旅であつた。加ふるに去年六月に歿した母の遺髪を拜する旅であり、更に目ざした土地は、古畿内の名勝古蹟の地であつたことも、結果からみて意義が多かつた。芭蕉はこの旅の出發に當つて、

　秋十とせかへつて江戸をさす故郷

と吟じて感慨にふけつた。今では江戸が故郷のやうになつて了つたとの感慨である。また富士川のほとりで捨子を見て、その露ばかりの生命を憐みつゝ、袂の食物を投げ與へて通るとき、

　猿を聞く人捨子に秋の風いかに

と吟じて、「いかにぞや、汝父に惡まれたるか、母に疎《うと》まれたるか、父は汝を惡むにあらじ、母は汝を疎むにあらじ、たゞこれ天にして、汝の性の拙きを泣け」と誌しつけた。この旅は芭蕉自身にとつても、初めから感慨にふけらねばならぬ旅だつた。しかもゆくさき

ざきで、一身のいのちにふれるものが、つねにまちかまへてゐた。慟哭と感動をふだんに經驗するやうな古の風景を訪ね歩く旅だつたのである。さうしてさういふ最も大切ないのちにつながる思ひを描く上で、舊來の風俗として學んだ仰山らしい俳諧が、さしあたつても決して不適當でなかつたといふ、ありがたい事實を示してゐる。かうして海道を上つて、漸く八月の晦日の日暮れてから、外宮に詣でたところ、「一の鳥居の陰ほのぐらく、御燈處々に見えて、また上もなき峰の松風、身にしむばかり深き心を起して」と

三十日《みそか》月なし千とせの杉を抱く嵐

と神嚴むしろ鬼氣の迫る作をなしてゐる。この文に「また上もなき峰の松風」といふのは、西行の歌の、「深く入りて神路の奥をたづぬればまた上もなき峰の松風」を引いたものであるが、往年の西行は僧だつたから、神域に入ることを許されず、何ごとのおはしますかは知らぬまゝに、忝けなさに涙を流さねばならなかつたが、芭蕉も、「我僧にあらずといへども、もとどりなきものは浮屠の屬にたぐへて、神前に入るをゆるさず」髮をおろしてゐた俳人は、僧侶の類として、神拜は許されなかつた。明治以前は僧侶は穢れがあるから神宮參拜を禁じ、もとどりを落した者らの、神宮に神拜することは一樣に許されてゐなかつたのである。芭蕉はそれゆゑ、「われ僧にあらずといへども」と誌して、この一句をはるかに吟じた。そしてこの一句はすでに、芭蕉の最も莊重な慟哭の調べをもつ一聯の作品の中に入る傑作の句である。

この野ざらしの旅から、芭蕉の作風に最も深く出てきたものは、この「千とせの杉をだ

く嵐」風の感慨である。感慨としては一變するに近いものがあつた。さういふ一變した感慨は、大いなるいのちのあり方にふれ、先行の詩人が傳へた美の眞髓を、己の生き方の上で知つたことである。さうして何といふことなく學んできた俳諧の本心を、代々の詩人の志によつてとらへたことであつた。知らないでゐたものが、國のみちにつながつてゐたという感動であつた。まことに大きい機緣にふれるに足る、十分の條件の備つた旅であつた。しかし我々はその大なる機緣を、具體そのもので考へ、芭蕉のふれた最も大切な大なるものを、深く事がらの上で考へたい。さうしてこの旅を何となく重視することより、今までの人はどういふ觀點から重視したかといふことを改めて檢討したいのである。さういふことがらは、直ちに芭蕉についての見方や、俳諧の歷史についての見方の上に、大きい異同を示す性質をもつてゐるからである。私もこの旅を重視する上では、人後につかないから、さらに芭蕉をひき出した千里の功績をも深く尊重したいのである。芭蕉は千里のことを、「常に莫逆の交ふかく、朋友に信あるかなこの人」と誌した。

まことに野ざらしの旅は、芭蕉にとつて重大な機緣であつた。しかし故鄕に母の遺髮を拜して泣きあかしてのち、古都のあとを巡歷して都に上り、ついで古代の畿內を訪ふといふ旅には、最も深い血脈の緣にみちびかれるものがあつたし、民族のいのちを思ふ情に耐へないものがあつただらう。大切で尊いものは、主としてそれである。さらに歌枕の地や、名勝の史蹟を訪ふことを、唯一の目的とした古の旅人は、必ずさういふ眺めに卽して、國史を悲しく豐かに回想する緣へと結ばれてゆくものであつた。歷史が卽ちわがいのちである意味は、文學者の志の上で一等あきらかである。
その意味で野ざらしの旅による作品の變貌のきざしなどは、第二義のことである。我々は文人としての自身の自信をもつて、このやうに第一義のものを知るときは、作品に現れるものについては、第二次的なものとして、自らたのむのであると云ひ得る。かうした觀點から、私は芭蕉の野ざらしの旅を考へたいのであつた。

　さきにひいた「三十日月なし」の句を見ても、そこにあらはれた神嚴な鬼氣は、舊作にはないが、かういふ情景をとゝのへ、かういふ形に描くまでの準備は、天和頃の作にもすでに現れてゐるものであつた。さういふ舊來習得した道具だてを、この感動の用にするのは、たゞゆかりをかき立てる機縁の問題である。さういふ中で先行文壇が正しい傳統をもつてゐたかどうかを考へることも必要だが、その先行文壇の俗が正し得るものか否かに先決の問題がある。しかも必ずどこかには、正しくせば正しくなる先行文壇があるわけで、その系統をみることが、我々の大事である。我々には變革より、この繼承復古のみちが大事なのである。芭蕉はこの瞬間にさういふ系統を發見し、俗を正す基本を知つた。

　これは近代文藝學の云ふ才能の圓熟や、詩人の生成の問題でなく、國の大いなる道と、大いなるいのちに如何にめざめるか、手近に云へば如何なる形で、國の詩人の悲志をわが身の上に回想し、わが血をわきたゝせるかといふ點に問題があるのであつた。この理由から近代文藝學風の考へ方で、この旅の結果によつて、芭蕉を無下に二分することを、我々は絶對にとらないし、さういふ態度をとる思想を排斥するわけである。芭蕉にとつてこの旅は、最初の大旅行であつたが、それにこの地を選んだといふことはその限りでは問題でなく、當時文雅を思ふ人には、最初の旅を畿内にとるといふことは當然のことで、さうして芭蕉がめざめたものと大略通ずるものに眼ざめたことも、普通の例であつた。たゞ我々はそこで詩人のめざめたものを、抽象的な觀念論で考へてはならぬといふことを強調するのである。見られるやうに、芭蕉が眼をひらいたものは、のつぴきのならぬ具體の歷史だつたのである。

さういふわけでこの旅の紀行の中には、大切なことが澤山に描かれてゐるが、その一二を云ふと、吉野より山城をへて美濃へ出た芭蕉は、山中で常盤御前の墓を弔ひ、荒木田守武の千句の中の「月見てや常盤の里へ歸るらん、義朝殿に似たる秋風」の句を思ひ出し「伊勢の守武がいひける、義朝殿に似たる秋風とは、いづれの處か似たりけん、我もまた」としるしたあとへ、

義朝の心に似たりあきの風

と吟じてゐるが、この芭蕉の句は、守武の句と全然同じである。しかもそれについて「我もまた」と斷つてゐるところが大いに興味のあるところである。しかもこの斷りをふくめてこの句を味ふと、守武のをかしみを主とした興味のかげは、芭蕉のこの時の同じことばで出來た句の中にはないのである。つまり守武の句をそのまゝ使つて、この句に對するかなり深い興味によつて、芭蕉は全然別個の心境をうつし、秋風に哭する悲慨を描いてゐる。このやうな技巧は、むしろ俳諧の態度であるが、これは古い風俗としてあつた。とこ

ろがこゝで芭蕉は、創作者の自信を自覺してゐるのである。古人のことばをそのまゝ使つて、それを獨創化しうるといふ自信を示したのである。「われもまた」と云うて、全然別の句を案じなかつたところに、驚嘆すべき信念と共に自負があるが、この自負はふれるべきものにふれて生れるのである。ことだまのはたらきを、このやうに知るといふことは、みちにふれた心懷に導かれる。けだしそれは自負のやうであるが、道に對する謙虚から生れたものであつた。この事實は我國の詩人の心境と思想を示す好例として、私の古くから尊んできたところである。

しかしこれも、古くからあつて習慣的になつた俳諧の方法の一つを、そのまゝ使つたのである。信濃の「姥捨山に照る月を見て」の古歌を「照る月を見で」とかへて、世評を得た盲人の逸話があるが、この例は決して守武の句をそのまゝこゝで使つた芭蕉の場合ほどに、風雅の上から云うて氣のきいたものでない。さうして芭蕉は一般俳諧師流の氣のきいたやり方から、自信を示したのでなく、血と歴史と風景にふれたものの自覺の自信から、この守武の興味本位の句のくばりを、別の大なるいのちに結んで生かし生れかはらせたのであつた。しかも氣のきいたといふ意味の思案は、この時にもなほ芭蕉の氣持の中に、十分に殘つてゐたと思ふ。だからこれも突然的な變貌でなかつた。むしろあとで氣づいて、己ひとりで驚くといふほどのものである。その場合己が心もちに泣いたことを、他人には、かへつて氣輕に示したいと考へる。この人に示す氣輕さは、執心の詩人にとつてきはめて大事なものと考へられる。これは理窟でなく、さういふ詩人の生理である。この有羞感は懸命に一つのものに執心してゐる詩人に必然な生理である。彼は文藝上の流俗に從つてゐたいと思ふにちがひない。しかしこゝにはかういふ志の詩人のもつ一つの危機がある。しかも彼はあらゆる形で、俗となつたものを、俗となる以前の志にかへし得たが、それをことだてて說く代りに、それを守る同心の雰圍氣を考へた。出來るだけ氣輕に輕く云つて、しかも心から泣きあへるやうな雰圍氣を作ることが、俳諧仲間の根本だと考へたわけである。これはすでに代々の詩人が守つてきた文藝の姿であつた。俗の氣輕さに賴つて、俗を正すといふことは、俗を去つても、氣輕さをすてることでない。志が俗となつた事實の方から志をみつめて、それを守つてゆくことは、古にかへすことであるが、今の中に道を見て、己の將來の道、日本の文學と詩人の將來の道を示すことだつたわけである。

この旅に吉野の延元御陵を拜した時の作は

御廟年を經てしのぶは何を忍草

といふ句であるが、「まづ後醍醐帝の御陵を拜む」と前に出てゐる。御陵は如意輪寺で奉祀してゐた頃だつたから、御廟といふことばで吟じたのであらう、この句の「御廟年を經て」の調子といひ、「しのぶは何を忍草」といふ調子にしても、舊來使つてきた漢詩くづしの仰山らしい調子と同一であるが、この場合は、それが一轉して執心の悲愁をあくまで示すやうに働いてゐる。ねんごろな歎きをいふしらべと、深い心持にまとひつくやうに歎く調子が、よく重なりあつてゐて、これはたしかに西行風の氣分を、別箇の調子で出してゐるのである。

情といふより氣象といふことばがあたると思はれた。こゝでも我々の深く考へねばならぬことは、詩人の本質を作るものは、大なる歴史と風景の力であるといふことである。詩人のいのちは歴史だといふことである。技巧修辭は第二義のことで、野ざらしの代表的な芭蕉作品に當つてみても、芭蕉のもつたそれらは、大むね舊來のものであり中期以降の連歌俳諧師の傳統のまゝである。しかし幾度もくりかへすが、さういふ傳統の方法は、元來は芭蕉がこゝで歎息したやうな、判然とした具體の對象を感慨するために生れたものであつたのだ。そしてこの意味の結論として、たゞ詩人が具體的な何に結びついてゐるか、又具體的な對象に感慨してゐるか否かといふことが、初めて詩人の價値を決定する。それは作品にもあてはまることだつた。卽ち「野ざらし紀行」の意義は、芭蕉がその日結びついた大なるものを案じる時に、初めて明らかになるのであつた。さうしてその大なるものを知れば、彼がそれによつて囘想し自覺したよりどころが、どこにおかれてゐたかが明らかとなる。

つまりその先例をいふと、天和二年三十九歳の作の中にあつた、

髭《ひげ》風を吹いて暮秋嘆ずるは誰が子ぞ

といふ句は、特にとり立てて云ふ意味もないが、調子は漢詩調のものの代表作だと思はれる。「老杜を憶ふ」と題し、杜詩に擬して老杜を思つた作だが、「風髭を吹いて」といふべきところを、杜詩の倒敍法にならつて、「髭風を吹いて」としたところなど、特別に意を用ひて、よく肅殺の情をうつしてゐる。しかしこの調子はをとこぶりの壯士調であつて、決

してわが國のますらをぶりではない。この類の壯士調に詩がとゞまり、歌心が停滯することを、私は特別に現在のやうな日には警しめたいのである。

意氣が如何に壯であつても、一筋の歌心に結ばれねば、さかんな言靈《ことだま》は現れぬのである。勿論ある限定された時代や限られた仲間の中では、それでも十分に人を感奮興起させるかもしれぬが、それらは情勢時務の文藝たるにとゞまつて、萬代ののちの國人の志を泣かしめるに足りぬのである。つまり壯士調の範圍にとゞまる文藝は、わが國では一時代の文藝たるに止り、合言葉の域を出ない。けだしそれらは、千古不磨の國の思ひ、國の道に結ばれてゐないから、これは當然の結果である。たゞさういふものも、ある範圍で役に立つと云うて、これに甘んじてゐることは、文人の志からみて最も慨しいことである。文藝といふものは、いつの時代にも大體に云うて多少伊達で意氣なものだから、どんな哀れ〳〵した文學の場合でも、また心細いことを云うてゐた時代でも、一代を記録する文藝は、相當意氣のよいものを現してゐるのである。

芭蕉より一時代以前の、談林派の濫觴については別の說もあるが、普通には西山宗因が大坂から江戸へ出た時を以て始めとしてゐる。この宗因は當時の俳壇が、松永貞德の古格を守つて保守的だつた傾向にあきず思つて、自由破格の俳諧をはじめた人である。その江戸下りは延寶年間といふが、江戸での興行の第一聲に、なか〳〵氣持の花やかで、男ぶりのよい作をみせた。

されぱこゝに談林の木あり梅の花　　梅翁

世俗眠をさますうぐひす　雪柴
朝霞たばこの煙よこをれて　在色
駕籠かきすぐるあとの山風　一鐵

この俳諧の發句の談林の木云々が談林派の名の起りだと云ふことになつてゐる。梅翁といふのは宗因の別號である。しかもこの俳諧の發端の出方は、歴史的に見ずに、これのみをみても、ずゐ分に派手で勇ましい。今日の俗語にはつたりなどいふことばがあるが、そんな言ではすまし切れぬものである。これらの壯だけではなほ仕方ないけれど、この壯士調を當時の文學の上で見ると、この調子が次の時代のますらをぶりとの中間に要求された事情が知られる。

俳諧が勃興した原因の一つは、それが文藝として、男ぶりがよかつたといふことも大きい原因である。このことはきづいてゐない人が多い。「情に落るは連歌の老人、形に遊ぶは俳諧の若者」といふ芭蕉語錄は不確實らしく、必ずしもこゝに引くに適當でないが、文藝としての俳諧は、若者の男ぶりや意氣を示すのによい形式だといふ點から、さかんになつたところもあつて、通俗的だといふ根據にはそのことがあり、俳諧が市民ばかりでなく、士人に好まれた原因でもあつた。

芭蕉が初めて江戸へ出たのは、この「談林十百韻」の出た延寶元年か、ないしその先年の寛文十二年と云はれてゐて、まだ宗房と云うてゐたが、彼は十分にこの談林の花々しさを眺めてゐた筈である。ところがかういふ花々しく伊達な、文藝上の男ぶりのよさは、漢詩くづれの壮士調と大體共通するものであつた。かういふ意氣のよさは、芭蕉の俳諧の場合も勿論あつたが、それだけではつひに仕方ないといふことを、悟る時期がなければならぬ。談林があつけなく精神史上からくづれ去つて行つた原因を考へると、要するに大なる道につながる感動をぢかに經驗しなかつたからである。彼らはたゞ都會と市民の趣向と情勢に追從するに止つてゐたものであつた。

「髭風を吹いて」の句は勿論談林調だが、これと「御廟年をへて」の句とをこゝで、較べて、詩人がどういふ機緣に遭うて、わが風雅の道につながり、その瞬間に詩品が如何に變化するかを知る料としてもらひたいと思ふ。この「何を忍草」の句には、あはれにかきくどいて、千年の歎きをくりかへすやうな調子が出てゐる。切ない調べだが、形のみで云へば、「髭風を吹いて」の句とほゞ同じである。しかし野ざらしの旅は芭蕉をかういふ狀態へつれて行つた。さうして、芭蕉はこの句を自ら顧みたわけである。これを旅といふものから考へると、芭蕉が自身で云うてゐるやうに、旅に誘ふ何ものかの力がある。

この旅の誘ひのもととなる何ものかの力は、十九世紀文藝の思想に云ふ旅の誘ひで考へるだけではつまらぬこととなる。さういふ十九世紀唯美思想の根據は、神と道を失つたための焦燥に、耐へきれなくなつた誠實な近代詩人の心持だが、芭蕉の場合は、初めから神の誘ひだといふ安心に生きてゐられたのである。芭蕉も後年には己を責めて、「何を忍草」といつた調べ以上に醇乎としたものを澤山歌つてゐるが、私には南山の歴史と詩歌を思ふ時、たとへそれが舊來の風より來たものとは云へ、このやるせない、骨肉の情を思はせるやうな、切ない調べが棄てがたいのである。さうしてこの事實の中に、我國の詩歌の根柢のありがたさを思ふのである。

この點は重要なところだから、私は幾度でもくりかへすのであるが、「野ざらし紀行」で芭蕉の感じて描いたものは、觀念論的な價値の諸相でなかつたのである。人間性とか愛とか、悲劇とかいふ、人生觀や世界觀を構成する國際的な抽象的概念でなく、我國人の具體的な歴史と風景にふれて、國人として泣き悲しみ憧れた。そこに詩人の美の形成を了知して、文人の志を歴史の具體的なものとして感得したのである。この意味から我々の芭蕉復興にとつて第一義に大切なものは、「野ざらし紀行」の作品ではない、その作品を文藝學的に分析することによつては、決して作品にあらはれてゐる第一義の詩人の骨肉にやどる生命は脈うたぬのである。我々が、文藝の上で何ごとかを將來に期して芭蕉をよむなら、最も素樸に野ざらしの旅自體の方を眺め、この旅の意義を考へるとよい。かういふ方向から、芭蕉を現在に生かすことは容易である。困難はどこにもない、民族と歴史の事實を生活原理とすることは少しも困難でない。我々が芭蕉の野ざらしの旅そのまゝを、たゞしは、その心のそのまゝを、已の人生と旅の上によみがへらせたらよいからである。それによつて、我々は同じ歡喜と、創造の源泉を已の心中によび起し得るわけである。文藝學的な復興論や再検討の議論は、人工不純の才能論や技術論であつて、かやうに明確簡明な說き方をせぬものである。

我々の復興論は、明確な道を示し、すべて萬人のわが心にもつ清潔の血統にたよるのみでなし得る復古の道である。即ち「野ざらし紀行」の作品を抽象の觀念論として分析して云ふのでなく、單純明確に野ざらしの旅を云ふのである。これは動きうるものには誰にも出來ることであり、動き得ぬものもその心を知つて安んじ得ることであらうし、心讀してほゞ可能に近いものである。

さうして、人がこの大本のものに結ばれるとき、己を確立する回想と自覺の手がかりは、日常身邊に必ず見出されるであらう。芭蕉の手がかりとしたものの自然さについては、すでに云うた通りであるが、かくて俗を正すといふことは、傳つてきた文人の風俗を、故人の原始の志に結んで回想し、ついで己の態度を自覺し、かくて古を戀ひつゝその日をなつかしむ心境に生きることに他ならない。さうしてこゝに到ると、依然として貫之の敎へた美學は、大なる力となり、生き方の上で變化され得る生命があつたことが知られるのである。

「野ざらし紀行」の中には、こゝにあげた作の他に、芭蕉にとつても重要な作品であり、さらにわが文學の歴史の上から見て大事な作品が少くない。

　春なれや名もなき山の朝霞

　山路きて何やらゆかしすみれ草

これらはみな周知の名作である。さうしてこの紀行の中には、芭蕉の文學の全體の様子をいふに足るだけの、芭蕉のさま〳〵の面が出てゐるといふことも、これが重大な作品だと云はれる一つの原因であらう。

しかしこの意味で「野ざらし紀行」が芭蕉にとつて重要な作品であることは、改めてくりかへす必要はないほどである。わが國の近世文學の歴史の上で云うても、例の少いほどに大切な作品だつたのである。しかしそれは、わが國の文學の歴史をこゝで一變するために重要な作品だといふのでなく、わが國の文學の歴史を、詩人の志と生き方の上で、一貫させるために、最も大事な作品であるといふ意味であるから、これを反對に解釋してはならない。我國の劃紀的な作品とは、みなかういふ一脈一貫のながれを明らかにした文藝に冠せられる名譽の稱である。

つまり「野ざらし紀行」の最も大切な眼目は、作品にあるよりも、むしろ芭蕉が旅心のわくまゝに、千里《ちり》に誘はれてこの旅に出たといふ點にあるのであつた。そしてこの紀行の冒頭に「千里に旅立ちて路粮をつゝまず、三更月下無何に入るといひけん、昔の人の杖にすがりて」云々と書き出してゐるのは、「江湖風月集」の一句を借りたもので、これを全文の序としたが、内容の方は次第に激化して、無何に入る代りに、激情にたゞよひ、現身《うつせみ》を歎き、その歎きを歴史の歎きと一つにするほどの激しい心境をくりかへした。しかも初めはたしかに無何に入るの心境で出發したと思へることが、事實の絶對を教へ、意味の深い感がする。芭蕉の所謂風雅の魔心といふのは、極めて漠然とした、しかも異常の表現だが、かういふ作品の事實の中で、既に早く察せられるものがある。この魔心は今日の美學の考へ方から、一應デーモンだと考へてもよいが、このデーモンは抽象的な觀念でなく、詩人の血統の靈異であつた。芭蕉の場合も、通常に云ふ詩人の個性の事情から起る激動の慟哭でなく、民族の血の歎きが彼の歌心で泣かれたものだつた。

しかし芭蕉は、この作品の中で、自ら感得した詩人の思想を、思想のことばで語ることはしてゐない。これは芭蕉のみでなく、わが國の思想の深さを描いた文章の常である。だから、心境の自然をうつして、理窟の上で起る可能性のある矛盾のことなどは、少しもかへりみてない。我々は今も大きい使命遂行の上で、かういふ形でかへりみせずに生きることに、生命の自然と正直さを感じてゐる。

芭蕉の感得した詩人の思想を見るためには、芭蕉自身の中へ入らねばならぬといふことは當然なわけである。それと共に最も深いものを、日本の思想として語つた人々が、我國では詩人であつた、といふ事情も理解したい。理窟の上からも事實からも、それを理解しておく必要がある。近世の思想界を考へても、我々は芭蕉とか近松といつた人を除外して、日本思想といふことを云ひ得ないのである。日本の道は、思想としてかういふ形に現れるものだからである。

詩人が詩人のいのちを自覺する上で、名所史蹟に遊ぶ心は、まづその第一の條件だが、やはり千里の案内はまことに奇縁である。芭蕉の傳記と文藝を、日本の文學の歴史の上から考へる時に、この野ざらしの旅に現れる同行者ほどに、私にとつて印象ぶかく見える芭蕉の門人は他にない。さうしてこの人の傳記については、私は知らないが、なまじひに知らないでよいと思ふほどに、忽ちに出てきて、使命を果した人だといふ印象を味ふのである。大なる芭蕉の生涯の決定者ではないが、機縁のために大切な人物であつた。しかも芭蕉の青年期は、この機縁をいつか得るやうな道の方向をめざしてゐたのである。

さうしてさういふ機縁から生れた感慨が、おのづからに舊來の作風や技巧にそのまゝ従つてきた作品を、一變したものとして感じさせ、同じ以前のまゝの云ひ方に於て、そのつくり出す感慨は一變してゐるといふ驚くべき事實についても、別に驚く必要はさらにないであらう。こゝに眞の詩人の生き方があるのであつて、この道をたゞの風俗として、芭蕉以前の長い世の詩人は傳へてきたのである。

だから芭蕉は「野ざらし紀行」によつて、極めておのづからな形で、長い代々の詩人の描いてきた風俗を、源の志に還し、しかもその志が今も世の中にあることを明示して、民族の詩の一貫する歴史を明らかにすると共に、彼自身の生涯によつて、中世以後の詩人の全歴史を描いた。卽ち西行の頃から始つて、芭蕉で頂點の慟哭に到る詩人の歴史を、彼自身の一個の生涯の中に描いた。芭蕉はこゝに到つて、一人の個性でなく、自身の中に歴史を描き、民族の詩の流れを描いた、民族の詩人と云ふ意味を、己の上に完成したのである。しかもその一切が極めておのづからだつたといふ點で、我々は大なるもののいのちとみちに感動せねばならない。

私はかういふ意味で、「野ざらし紀行」を解するゆゑに、これを以て芭蕉の生涯を二分する作品とはしない。さういふ考へ方をする文藝學が、情の薄い考へ方だから、私は排斥するのである。しかし文藝學は異國の學問だから、我國の詩人に對して情の薄いのは當然なことである。文藝學は芭蕉に、わが隱遁時代の詩人の悲しい歴史をみるのでなく、一箇偉大な個性の作家をみて、その作品を分析すれば足りるものであつた。
だから彼の慟哭を彼の至情の切迫から解することなく、その泣き方が西戎人や近代人のたしなみとどんなに違ふかといふやうな、つゝしみのない批評も生れるのである。それは芭蕉の中に民族の詩のなつかしさをみるのでなく、國際概念としての文學を見れば、それで十分とするやうな、近代教養主義の考へ方であつた。私はさういふ文明開化的な考へ方の方法や思想を快しとせず、さういふ態度を潔しとせぬのである。

野ざらしの旅は、芭蕉の最初の重大な旅だつたが、江戸へ歸るとたゞちに再度の旅の心に誘はれてゐた。それは野ざらしの旅に目覺めたものをたしかめるやうな焦燥さへ見える。江戸に歸つた翌三年春になると、再び旅を計畫し、夏の頃には上京しようとしてゐたが、この旅は翌年に延び、貞享四年十月の二十五日に江戸を發した。これが「笈《おひ》の小文《こぶみ》」の旅である。東海道に泊りを重ね、十二月半ばに歸郷し、翌元祿元年二月に伊勢に參宮した。貞享五年の年は九月三十日に改元せられたのである。

何の木の花とは知らず匂ひ哉

と吟じた。これは西行の「何ごとのおはしますかは」の作より心持もつゝましく、深いものが感じられるやうな氣がする。その心持がこまやかでやさしいからであらう。かういふ場合に寫生といふやうな考へ方では、これらの歌句のよさとか心持は理解されぬのである。

心眼をひらいて神を拜し、心の內外に神を見るといふ思想は寫生論にない。寫生論の限界はこゝにある。寫生論にいふ理想とか實相とか生命といふものは、系列から云ふと十九世紀人文思想の内のものであり、神といふことばは同じでも、彼の神はなほ人工の観念にすぎないのである。勿論人工の中にも雄大なものはあるが、つひに神異とは、それを絶するものの名である。この事實に我々が敬虔になることは、當然のことである。さうしてそれに敬虔になれば、神異と神の道が、わが内にあり、わが身にも現れることに氣づくのである。

なほ芭蕉のこの句については、「伊勢參宮」と題した芭蕉の文章がある。

「貞享五とせ如月の末伊勢に詣づ、此御前のつちを踏事、今五度に及び侍りぬ。更にとしのひとつも老行まゝに、かしこきおほんひかりもたふとさも、猶思まされる心地して、かの西行のかたじけなさにとよみけん、涙の跡もなつかしければ、扇うちしき砂にかしらかたぶけながら

何の木の花とはしらず匂ひ哉

武陵　芭蕉桃青拜」

この文章は、名文の一つである。文の技でなく、心持に謹みがにじみ出てゐる。なほこの句について、もう一つ云ひたい大事なことがある。それはこの句はこゝにあげたのが初案で、のちに、

何の木の花とも知らぬ匂ひ哉

このやうに改めた由が、傳へられてゐる。この句の改作は恐らく芭蕉の志のあらはれだらう。私はこの句は、この形で傳ふべきだと考へる。

尤も芭蕉のころは文法が明確でなかつたから、一般には云へぬが、こゝは私の考へでよむのである。西行の名歌は、「何ごとのおはしますかは知らねども」であり、芭蕉の初案といふのは、「花とは知らず」である。これらの兩者には已のわたくしの判斷と主張が、なほかすかに云ひ廻しの中に感じられる。「花とも知らぬ」と改めた時に、身一つの内外の區別感は御大前で消滅してゐる感がする。最もすなほだといふ感が起るのである。そして寫生論ではこの心境の差を云々し得ぬといふことを私は申したい。しかしこの句については、「花とも知らず」「花とも知れぬ」などの形もあるが、「花とも知らぬ」と云ふ云ひまはしが、我々の感覺には最もつゝしみ深く思はれる。

芭蕉はこの春、杜國を伴つて鄕里を出發し、再び吉野の花を見て、高野、和歌浦から、又奈良をたづね、大坂に出て、須磨明石に歩をすゝめ、淀川を遡つて上京した。そして京都から湖南に出て、美濃から熱田へ、さらに信州へ入つて、更級善光寺をへて、八月江戸へ歸つた。

この貞享四年江戸を發して翌年四月二十三日京都に上つた時迄の紀行が、「笈の小文」である。「百骸九竅の中に物有り、かりに名付けて風羅坊といふ」といふ文章で始る周知の作品である。さうしてこの文章をみると、芭蕉は自分の經歴を通じて、詩人の志のあり方を懸命に意義づけ、ひそかながら堂々とした構へを内外に示してゐる。野ざらしの旅によつて得た感慨が極めて激しい文章として誌されてゐるのである。

この經歴の自覺は、一見弱々しげな辯明の口調で云はれてゐるが、その外相はどうでもよいことで、我々はその底のこゝろを深く汲みとつて、彼があくまで己の經歴を、大切なもので一貫させた事情を知るべきである。これは國文に對する當然の讀み方である。その人の心のうちに於て、つねに正しい本邦詩人の血と志をもつてゐたといふ事實は間違ひのないことで、これをあきらかに見ることは詩人の正しい回想であり、自覺である。「野ざらし紀行」から、「笈の小文」にきて、急調をなしてくる志の述べ方を、私は己自身の上でさらに深く思ひ合せて、對象を切なく考へたいのである。この時芭蕉は既に四十五歳だつた。

野ざらしの旅の中の「長月のはじめ、故郷に歸て、北堂の萱草も霜かれ果て、跡だになし。何事もむかしにかはりて、はらからの鬢白く眉皺よりて、只命有てとのみいひて、ことの葉もなきに、兄の守袋をほどきて、母の白髪おがめよ、浦島が子の玉手箱、汝が眉もや、老たりとしばらく泣て、手にとらば消ん涙ぞあつき秋の霜」の章をよむと、何が芭蕉をこゝに導いたかもわかるのである。これは二つとない悲しい文章だが、それを思ふとさらに泪が出るほどである。

かうして野ざらしの旅の中で芭蕉が初めて知つた、詩人のいのちの原理の發見と自覺とをこゝに見出し、さらにこの作品を、日本の詩人の歴史と民族の詩の流れの、一つなる原理をあきらかにした芭蕉の記念的作品として考へた上で、改めてその詩と詩人の歴史の實相を見るために、芭蕉の經歴を考へ、先に芭蕉の青年時代にふれてみたい。そこにわが國の詩と詩人のたどつた歴史の風姿と事情を知りたいと思ふ。

有心と無心

貞享元年秋の、芭蕉四十一歳の「野ざらしの旅」を中心にして、その生涯のあとさきを考へるといふことは、たまく本書の記述の順序からきたことであつて、それが芭蕉を理解する方法として最もふさはしいものだと云ふわけではなく、むしろさういふ方法には、ある意味では危險性さへもつてゐるのであつた。

當面の一問題や一事件の故事來歴を知り、原因に遡るといふ形から、倒に歴史を敍してゆくといふことは、説明としてはたやすい時があるといふだけで、我々の惡い經驗と淺い知識の汚れがなければ、さういふ不自然さを、初めから除き得た筈である。しかし近世になつて、古の道を學問としてたてた人々の一樣にもつた歎きは、一應不信を表した傳統といふものへ、改めてかへることの中にあつた。

我らも亦その例にもれない。近世のその時よりも、もつと惡い狀態の中で、辛くも芭蕉や契沖をたよりとして、後鳥羽院にまでたどりついた時、初めて道のひらけるものを味つた。それ以前に於ても、後鳥羽院の御製に感銘を禁じ得ず、「増鏡」の記述に悲泣し、あまつさへ隠岐島まで訪れたといふやうなこともあつたけれど、芭蕉と契冲の教へによつて、日本の詩人の歴史のみちを味つた時の感動は、改めて大きくもののひらける感じであつた。それは何と云はうか、わが國の詩歌の心と、歴史のあはれに通じないものには、殆ど感じ得ない感動だとも思へるし、從つて感じる者には、眞の生甲斐を思はせるに足る詩の感動であつた。

しかもさういふ感動を思はせる歴史觀は、芭蕉が思想として說いたものではなく、彼自身の一身の歴史の上で示したことだつた。野ざらしの旅以前の芭蕉が、その後の芭蕉と一貫する詩人であるといふことは、その二つの時期の芭蕉の中から何を抽き出して、芭蕉を考へたかといふ點に歸着することである。これに反對の結論もあるが、さういふ側の人の抽き出し方の根本思想まで考へてみた時、いかゞはしいものが多い。ともかく一概に見ると何かちがふ原理を生きてゐたやうに思はれるが、その餘りに異るやうな世界が、實にわが文學の歴史の一貫したものであつた。さうした二面の起伏こそ、日本の詩人の歴史であり、一つの貫道するものが、極端でみればさういふ二面をとつたのである。そしてこのことは、彼が一身に現した生涯の歴史を、民族の詩と詩人の歴史に對應させたときに知られることであつた。

實に「奥の細道の旅」にしてさへ、「野ざらしの旅」の外篇にすぎなかつたと云ふのは、野ざらしの旅の心ののちに、必ず生れる旅心だといふ意味である。思想と精神の歴史の上から考へて、私はこのやうに解釋する。してみれば、「野ざらしの旅」以前の芭蕉が、その後の芭蕉の外篇だといふことは、このやうな輕い意味からなら云はれてよいことである。ところが、その以前の時代も、芭蕉の偉大さのために、絶對に必要な時代であつた。日本の文學の歴史の考へ方から云うてもさうだから、もちろん芭蕉の後期を中心にして云ふときは、これなくして日本文學史も芭蕉も成立せぬと云ふべき時代であつた。

即ち前期の芭蕉の世界を除外しては、野ざらしの旅以後の芭蕉世界も理解し難いといふ意味は、單に一人一代の文藝を完全に近く理解する上から云ふのでなく、芭蕉の傳統的意味を、民族の文學史として理解するといふ上から云ふのである。これはさらに深く云へば我々が、こゝに芭蕉といふ一詩人を、如何なる形で理解するかといふ、文學觀上の問題である。今それについて、その手引をする以上にさらに一歩入ることは、この小册子では不可能だらうが、今日流布する芭蕉註釋本を別の形でよんでもらひたいために、そのよみ方の手引となるほどのことまでは云ひたいと思うてゐる。

歴史の考へ方とか、民族の文藝の血脈とか、又その見方といふものは、こゝに云ふ註釋本をどんな形でよむかによつて決定するし、註釋の態度が具體的にそれを示し得ることである。國際文藝學ならば、芭蕉の野ざらしの旅以前の大半を、情容赦なく棄てうるのであるし、又棄てたいと思ふであらう。しかし正確な註釋なら後期世界の中にさかんに前期世界の出沒するさまを示すだらうし、その結果によつて、これらの面が日本の文學の歴史と體驗に於て、必要なものだつたことを知るのである。芭蕉も亦この期間と構造を必要としたことは云ふまでもなかつた。その事實になつかしみ、あはれむ心がなければ、恐らく芭蕉の慟哭と悲痛と、又夥しい道德感情の激昂にたどりつき難いであらう。

しかし芭蕉のみた歴史とは、日本の風雅をしたふ詩人は如何にあるべきかといふ點に眼目をおき、しかもそれを詩人の生き方の中に見る考へ方であつた。歴史上の詩人の事實を見ると共に、それに對して、國ぶりの詩人の道德を明らかにしようとしたのである。かくして芭蕉の詩人的思想は、また復古思想中の一高峰となる。そのことについて、芭蕉は、それをたゞ風雅の方のことばで云うただけで、歴史のことばを抽象的に云ふ思想としては、殆どこれを說かず、すべては己の生涯の沈痛の哀歌と慟哭の中に表現し、たま〳〵その語錄の中に、なぞのやうな思想的斷片としてのこしたにすぎなかつた。このなぞは必ずしもこれを說くに難事ではないが、歴史の事實と文學史の事蹟に通じないものには、殆ど說き難いことであつた。歐風の文藝學や美學の思考樣式に從つて、芭蕉が自身の美論として示してゐる若干の概念を分析してゐる間は、決してこの意味の芭蕉の風雅といふ美の思想の全體の肝心は判明せぬのである。

芭蕉の思想は、文藝學風のことばや、近代美學流の概念や思考法から說かれたものでなく、すべては歴史の事實によつて語られてゐるのである。こゝに於て、私の念願とするところも、その歴史のことばのすぢ道を明らかにし、芭蕉が己の生命と生涯によつて描かうとした思想を、分明にしたいといふことである。さうしてそれは、日本の詩人とは何であるかといふ意味を明瞭にし、中世以後の詩人がいのちとしてきた、風雅といふことの不易本質と、時風流行を明らかにすることである。けだし芭蕉といふ人は、かやうな日本の詩人の思想を、復古大成した最後の人であつた。實に彼の文藝に於ては、中世以後の日本文藝の、不易のものと、流行のものを、一身に集成した未曾有の偉觀を示してゐるのである。我々が芭蕉によつて知ることは、後鳥羽院以後の隱遁詩人の生き方である。その生き方とは、己らの信仰する美を、己のいのちとして、わが生きてゐる日の世間に如何に行ふかの方法についての決心の現れにあつたが、我々はそれを芭蕉によつて知つたが、芭蕉はこれを自身で悟つたのであつた。たゞ彼はおのづからな文人として、舊來の習慣と先人の傳統に從つて生きてゐる間に、徐々にしてこれを知り、顧みて自ら驚歎したものである。この驚歎の情の國ぶりの詩的な現れを理解することが、芭蕉の文藝を考へる上で最も大切なことである。

しかし芭蕉のこの時の驚歎の表現を、その跡として追ふことは、決して芭蕉復興の目標とはならない。芭蕉復興の目標は、この表現の源となつたもの、卽ち芭蕉が驚歎した歴史の肝心を、今日の己のものとすることにある。芭蕉の表現でなく、その心と志に、今日の我々の決心を思はねばならない。古典的作品の囘顧に當つて、この一點を謬る時、その結果がどのやうに分れてゆくかは、思想の問題としても大切なことだが、未だにこの分岐の因を極める點で、無關心な者が多いやうである。

彼は今日の世間で云ふやうな思想家といふものではない。彼は時の政權に奉仕する道德や思想を云うたのでもない。又政權に對して批判的に言論したのでもない。彼は日本の詩人のまことの道を、さういふ關心とは無關係に行はうとしたのである。だからさういふ類の人のしてゐるやうには、人生觀も教訓も誌してはゐないのである。しかるにその片言隻句をとらへ、あるひは一作一句をひいて、「思想」や「思想家」を見ようとしたところに、大正の文明開化風潮の陷つた謬りの原因があつた。これは文明開化の論理が故人を歪曲する一つの典型である。卽ち日本の最も民族的に重大な詩人の思想を、異國の近代思想に關する學問の方法內で云はうとすることが、謬りの原因だつたのである。この大正時代の風潮も、明治の文明開化の歸着するところに他ないが、現れとしてはかなりに異つてゐた。明治の文明指導者の場合には、なほ心中に殘してゐた國史感覺が、大切な役割を文藝上でもしてゐるのである。

芭蕉が知つた日本の詩人の生き方といふものは、日本の詩人の歷史だつた、それは日本人の美と風雅の思想だつた。しかもそれを現すのに、彼は故人がした傳統のまゝに從つて、わが生涯を以てしたのであつた。その全生活をかけたのである。これは芭蕉によつてさうした日本の詩と詩人の傳統の歷史を知つた我々の場合と異つて、芭蕉自身は自然な習慣から入つただけに、却つて我々の場合の言論と異るすなほなものさへ感じられるのである。さうして今日の藝論から云へば、極めて複雜な世界を無造作に表現したやうな傳統の語彙で、輕々と描かれてゐることも、習慣から入つたといふことのありがたさである。これは倒敍によつて源流を考へる必要のない相續の雰圍氣の中で描かれたからであつた。

我々の場合は、さほど手輕にことを運ぶことは出來ないし、又さういふ形で運んで了へば、徒らに理解の外へもつてゆくこととなるのである。さうして殆ど餘計ごとのやうに思へることを、くど〳〵と云うたが、四十歳以後の芭蕉とそれ以前の芭蕉のあらはしたものが、わが文學史の上から考へると、今日の文藝學で考へるほどにかけ離れてゐないばかりか、同一の根據をもつものの、條件の差の現れだつたことに云ひ及びたい。さうしてこのあたりから、芭蕉の「不易流行」と云うた意味にふれてゆきたいのであつた。芭蕉の四十歳を中心とした前後の様相上の異りは、芭蕉と西鶴との差異といふものではないといふことである。申すまでもなく文藝學風の考へ方ではかういふ考へ方をしてくれなかつた。かういふ考へ方は、民族の文藝を、歴史によつて考へた者にある考へ方だつたのである。

後鳥羽院以後の隱遁詩人と云うても、必ずしも山野に入つて、侘茶びとの生活に似たやうな、極端に生きた者だけを、指して云うてゐるのではない。芭蕉の語録にも、必ずしも隱遁は山野に入ることのみではない、市井にあつても隱遁者は成立すると云ふのがあるが、もつと露骨なものには、遊里に入つた生き方の中にさへ、隱遁詩人と云ひたい系統のものがあつたのである。

有心無心の議論が、かつてはどんな高所で發生した美論であつたかはともかくとして、さういふものの末路から、自らも遊里に入りびたつて士家富豪の子弟に遊蕩の手引きを業とする一種の文人が出たことも、一應理があつた。古い中世の物語などで、まかりいでたる「遁世者《とんぜもの》」といふ類の人物は、どこにも閑寂などない。世間を滑稽化した藝人の一種であつた。隱遁遁世には、もと〳〵閑寂もあつたが、滑稽もあつた。この遊里に遁世した士俗文藝の心持は、幸ひ近代の文明開化的教養派の手で歪曲されなかつたが、多少自然主義雰圍氣の人間主義によつて歪曲せられたものである。しかしこの歪曲は幸ひに殆ど大衆化しなかつたやうである。卽ち歴史の上のことにまでは及ばなかつたのである。これは自然主義作家たちの文學的教養の貧困さの結果だが、却つてありがたいことだつた。

この遊里派の文學觀の發源地は、愛情の世界に流轉の旅をなすといふこゝろもちにあつた。天地自然界を歩いて、殆ど人情のかげりをはづれたやうな人間外を旅するといふ心もちと、大體同じものではないが、さほど異つてはゐまいといふやうに、さういふ人々の間では、初めから考へてゐた。このことは、かなりに濃度の高い文化的雰圍氣から生れる考へ方であつた。世をすねて韜晦するといふ大義名分論でなく、人生で最も虛僞の多い社會で、最も深い眞實を求めようとする。その虛僞の根柢には、人間の營みの中で最も自然で眞實なものである、愛情の最も激化したものがあつた。男女の愛情を最も自然な天造のものと考へたのである。一つの旅心を、かうした二つの世界にとるといふちがひが、無心派と有心派にわかれたのである。

しかしもののあはれ文學の殘影を、遊里に於て支へるといふことを自覺的に感じ、あるひは辯解的に口にするに到るのは、勿論かなり後期にならねばあらはれぬことであつた。さりながら自覺はともかくとして、辯解的にこれをいふといふことも、なか〳〵に國史の思想に通じ、正しい傳統のあり方を知らねば申し難いことであつた。申すまでもなく、その形を學ぶ必要は毛頭ないが、その形のうらに心を知つて、あはれむに足るものはあつた。

しかしさういふ狀態が極つたころに芭蕉が出たわけで、またさういふ時代の風潮の中から出た芭蕉が、文學を始めるに當つてさういふ習慣と傳統から出發することは、極めて普通で自然なことである。大體に於て文學の志望者といふものは、ある程度の同心の雰圍氣がなければ生れないし、又時の流行の中から出發するものが大多數である。從つて同心の雰圍氣を創めたやうな文人の功績といふものは、ずゐ分に高く評價する必要があるのである。

勿論この旅の二つの世界といふ考へ方は、必ずしも西行が始祖ではないが、便宜的に西行だといふことにしてきた。西行が鴫立つ澤で、心なき身にもあはれが知られると歌つた歌が、中世以後の記念碑的文藝となり、鴫立澤の歌枕が、わが近古文學の精神的聖地としてこれを口にすることが一種の文人的な伊達のやうにさへ思はれたことは、かういふわけで必ずしも理由のない偶像崇拜ではないのである。その時代の人々にはこの一首によつて、大體歌の心とそのあり方が說き得たからである。さういふものを、中世以後隱遁詩人の美學と云うてもよい。勿論この西行の歌つたあはれは、平安時代のもののあはれであり、これは古でも戀愛有情の世界のものである。このもののあはれを、後のさびやわびの心と同じものとして結びつける場合、この鴫立つ澤の歌は大へん大事な役割をする。鎌倉時代になると、もののあはれは、もうわびさびの他のものではなかつた。古い宮廷の文化の中心にあつたもののあはれ文化をわがいのちの上で保持する時の形が、必ず己をわびるといふ形になつてあらはれるからであつた。しかし一般にさういふ反省をしたわけでもないが、それ以上にさういふ反省を理論的なことばでうつすといふことはさらになかつた。我々の先祖は、生きたことばの描く文藝を信奉してゐたからである。さうして大體に於て人も己も、この時代になると、あはれをわびと云うて疑はなかつた。これは内容の變化を伴つてゐる。さういふ美觀や情緒の發生した文化の地盤を旨と考へると、その本體のなりゆくさきを信じつゝも、それ自體のさびによつてしか現し得ないと感じられた時代だつた。契沖の考へたやうに、皇威衰へて、武臣威を振ふ頃には、古のみやびを思ふものは、これを已の心もちのわび、古のもののさび、にあらはすより他なかつたのである。

さういふ長い時代の詩人の生き方は、我々の今日の考へ方から云うても萬全なものではないし、以前の國學でもなさけないことだつたと考へたのである。その心もちや志や思ひは、まことに國ぶりのなつかしい情緒であるが、すめらぎをしたひ、みくにをおもふたましひの、ひたぶるにさかんなものとは云ひ難い。たくましく、さかんな、古代のやうな文藝はこゝから生れないわけである。國學はさういふ詩人の國ぶりへの情緒を十分に大切にしたが、人の生きて行く上での皇國の道徳は、つねにさかんでたくましく、ひたぶるなものにある意味を教へたのである。さうして文藝に現れる思想といふものを一段と明らかにした。

ともかくもかういふわけで、西行が出家遁世した身の上で、世の中については勿論、男女間の情などには、毛頭も心にとゞめてゐぬと云つた境涯に住みつゝ、なほかつ旅のある夕方に、漠然としたもののあはれを味ふと歌つたことは、中世の隱遁詩人たちにある安心と自信をさへ與へた。西行は形は僧だが、佛者と趣きがちがつてゐた。當時僧になるのは榮達する方便だが、西行は世間を離れるために髪を剃つたといふことも大分にちがつてゐた。西行が頭を剃ることによつて示したのは、志であつた。かういふ形で頭を剃る元祖となつたのである。だから法然、親鸞などとも等しなみに考へてはならない。後鳥羽院もこの邊の西行の事情や、又俊成のもつたおほらかな自然の情に、誠のある所以を御認めになつてゐられた。俊成も幽玄の體に、殆ど超俗に近い心境を描かうとしたが、枯淡をあへて極致としなかつた。

このやうな人情の自然は、誰の眼にもつくおのづからな事實であるが、これをどのやうに見るかといふことは、我々のもつべき思想の問題である。もしこれを人間主義的な、國際的な人類觀念でみて了つたなら、まことに思想として淺いことでさういふ觀點からは、人情の自然の本態は決して了解されぬのである。大體佛教風な思想では、どんなに深くうち入つても、人類的な觀念にとゞまる。單に人生の榮枯盛衰や別離哀傷を歎くといふだけでは、我國の歌心の歎きや慟哭の本質としてきたものに結ばれぬのである。世俗的な悟りの後に、あくまで殘る人の願望と祈念を、單に人間主義や自然主義の人間觀の觀點から解釋するといふ程度で、西行の場合をも解決して了つておくなら、後鳥羽院が、ことさら執心の情といふやうに申された、萬古に貫く國のいのちに對する思ひにはふれ得ないだらうし、わが詩歌の達人に現れた慟哭の源とするところが殆ど理解されぬのである。

しかしさういふ思想上の反省と自覺がどんな形であつたかといふことよりも、こゝでは、後鳥羽院のこの御批評のあつたといふことが、中世詩人の生き方に大安心を與へられたといふ點を考へたい。西行のこの歌にある心なき身とある心は、大凡そ「すき心」といふほどの意味で、これは一概に今のことばで、戀愛の情と云ふなら間違ふことであつて、人間の生命の生々しい事實を云ふのである。だからその現れはもつと淡々漠々として、やるせないやうでおぼつかない心持である。俊成女の、春の夜の夢のあはひにもののにほひをかぐやうな、歌心のもつ切なさや、生きてゐる人を夢の中で見て、現實にはさほどに思はぬほどの人のことが、無限にあはれに思はれ戀しいといつたやうな感じが、平安末期のもののあはれである。この戀ひ心の現れ方は、古代のものとも異つてゐるし、平安期のものとも大いに異つてゐる。自然主義風の戀愛觀では想像できないが、江戸の末期の遊里の通人氣質の描いたものに、多少通じるやうなものが却つて感じられる。たゞさういふあはれの情は、すでにこゝでは一つの「流行」の相のものと云ふべく、換言すれば美的思想となつてゐる。しかしそれらはまだ年ゆかない少年少女の情の中にもあるから、大いに本質のやうに考へた。たしかに本質のものの樣相にはちがひない。

西行の歌は具體的な自信を與へた例だが、後鳥羽院の御製は、御生涯の御結論と竝んで、精神とか思想の深さで、この時代を通じての何百年の詩人の心中の燈だつた。後鳥羽院の御歌の御心は、既にくりかへし申し上げたが、思想と云はれるものの教へる悟りののちに、初めて始る世界であつた。執するといふことばは、殊に後鳥羽院の御好みのやうに拜見するが、外來の悟りに關する學問のあらゆる形式をとゝのへた上で、なほ祈らねばゐられぬ心のねぎごとを、執した形でのべられたものであつた。これほどにあくまで激しい歌は世にないものであるが、芭蕉が臨終に經驗した「夢は枯野をかけ廻る」思ひや心もちは、殆ど古の後鳥羽院の御詩心を追蹤したものと思はれる。これは決して、佛者のいふ妄執や地獄といつた、いまはしいものでなく、國の道といふ道への大安心に住む者のもつ、わが生命の道への熱禱の現れである。佛者の悟りといふ思想からこれを考へて、眞意を了知することは不可能である。こゝで我國の清潔な僧の最大の典型と云はれる後鳥羽院の御代の明惠の臨終と、芭蕉の最後を比較したいが、このことは著者の別著に讓ることとする。

芭蕉が、後鳥羽院以後の詩人の生き方を日本の詩の思想としてみたことは當然であつた。さらに我々が考へるよりも自然ななりゆきだつたのである。彼が祖師の一人としてゐた西行にしても、もとよりゆたかな人生の經驗をもち、もののあはれを深く解した詩人だつたが、さういふ詩人の生き方は、芭蕉がそこにある詩人の誠を發見するまでにも、代々の有名の詩人によつて傳へられた道だつたのである。

しかしこの詩人の誠は、今日一概に云うてゐる文學者の誠實といふものよりは、もつと深い國史感覺のうらづけと、歷史のことばによつて解きうる事實だつた。貞享四年の二度目の畿內の旅の紀行中の、「終に無能無藝にして只此の一筋に繫る」の句は大へん有名な文句になつてゐる。しかしこの一筋とは何かといふことについて、芭蕉は解說をしてはゐない。その一筋を思ひつめた果に、「此の道や行く人なしに秋の暮」と嘆じ、「旅に病で夢は枯野をかけ廻る」と慟哭したのであつた。無能無藝を知りつゝ、もつながらねばならぬ一筋のみちである。俗世の關心から云へば、まことにかぼそいせまい場所であつた。世俗を思ふならば棄て去るが賢く、悟りを學んで棄てるのもよいと思ひつゝ、つひにつながらねばならぬみちであつた。かういふのは告白の表情である。内心の安心の深さをこゝに見なければならない。この云ひ方は當時の遁世者が氣どりとした悟道の觀念と一つであるやうに思へるけれど、それとは異り、悟道によつて棄てられると知りつゝ、棄てきれぬ、棄ててはならぬものを云ふのである。まことに人間性といふ觀念とは異り、歴史を貫道する一つなるみちであつたことは、このことばのあとで「西行の和歌に於ける、宗祇の連歌に於ける、雪舟の繪に於ける、利休が茶に於ける其の貫道するものは一なり」卽ち根本を貫くものが一つだと云うてゐる。この思想は佛教的な超俗遁世をひきとめる方へと働くが、人間性といふものから云々したものでなく、一つの根本的な血脈のものを云ふのであつた。

「幻住庵記」の終りにも、その庵の隱遁者めいた生活を敍した末に「かくいへばとて、ひたぶるに閑寂を好み、山野に跡をかくさむとにはあらず、やゝ病身人に倦んで世をいとひし人に似たり、つら〳〵年月の移りこし拙き身の科を思ふに、ある時は仕官懸命の地をうらやみ、一たびは佛籬祖室の扉《とぼそ》に入らむとせしも、たどりなき風雲に身をせめ花鳥に情を勞して、暫く生涯のはかり事とさへなれば、終に無能無才にして此の一筋につながる。樂天は五臟の神をやぶり、老杜は痩せたり。賢愚文質のひとしからざるも、いづれも、幻の栖《すみか》ならずやと思ひ捨てて臥しぬ」とある。

「仕官懸命の地」を思ふ封建武士としての世俗心と、世捨の裏付けに「佛籬祖室の扉」を考へる國際的觀念論とのいづれをも退けて、世捨生活によつて國風詩人の歴史を生きることに、詩人の一筋の道を見た。風雅の道にはかういふ絶大の力があつた。僧の體をしてゐるが僧でないと、悲痛な聲で云うたのは、四十一歳の時だつたが、この「幻住庵記」は元祿三年七八月頃の作と云はれてゐるから、四十七歳秋である。

かういふ心細いやうなことを誌す文章の中にも、男らしさを現すことばをさかんに描いてゐるのは、當時の風であつて、元祿の世は大體武家も文弱に入つたといふが、なほ赤穗浪士たちを生み出すやうな時代だつたから、俳諧師の興行にも、文章を以て世を蓋ふやうな、堂々とした意氣が一般にもあつた。しかし大體は一種の壯士調の潔い勇ましい口吻である。芭蕉にしても、さういふ點で潔く雄々しい上に、意氣のよいことばをまじへて、執心の一筋をうつしてゐる。

こゝで「仕官懸命の地」と「佛籬祖室の扉」を竝べて、いづれをも心にしみつゝ、なほ一筋を思ふと云うた詩人の心ざしは、西行も歌つたことだが、その思想の本源の激しい絶對に於て、絶對に面して歌はれたのは、やはり後鳥羽院にましました。

ものを思へば知らぬ山路に入らねども憂き身にそふは時雨なりけり

この御製は「遠島御歌合」の中に拜見するものだが、一首の御趣旨は、しきりにものを思ふゆゑに、なほ世にあつて、山里に隱遁こそせられねど、寶身の御境涯は、御心の内も御日常の外も、時雨のひまがなく、山里の生活と變りない由を申されたもので、實にこれは御本意ならずも御剃髮遊ばした前後、隱岐の島山での御日頃の御心を陳べられた御製である。わが歌の歴史の中で、これほどに深刻にして激しい意力の凝つた作は他にない。記紀萬葉の最も勇壮の作中にも、これほどに激しい作は拝見できないのである。「ものを思ふ」と宣らせられたことは、申すまでもなく、皇神の道を念じて、世を思ひ民を憐れまれる大御心を申されるのである。わが國の至尊の御自信と御仁慈のはげしい一首であるが、その御執心があらゆる思想を超えた上に堂々とあることを、こゝで御自信と拝した所以である。

しかるにこの御歌の心は、代々の隠遁詩人のいのちとしてうけ傳へられた。その悲しさを我々は深く思はねばならない。畏くもわが皇國の至尊が、このやうな御製を遊された日もあつたのである。わが代々の詩人は、至尊のこの御ものおもひについて深く了解し、叡慮の萬分の一を奉戴したことは確かだつた。さうして古の宮廷の文化を風雅《みやび》といふ形で傳へる上で、長い間の人々は、この御一首の御心を、生命の思想として戴いてきたのであつた。

後鳥羽院の御事は、「増鏡」が記し奉つたやうに、御生涯が都と島の二つで、激しくわかれてゐるのである。その間の宮廷にあらはれたあはれの形態によつて、古い時代の代々の詩人はもののあはれとわびの關係を考へてきた。この御事實によつて、この二つの美の概念の間にある深い一貫する道が知られるのである。こゝに於て、西行の心なき身の味つたあはれは、今や歴史の悲痛さで彩られた。あはれとわびさびの關係は、院の御寶身の教へ給うた美の思想だつたが、これが傳へられて代々の詩人の思想となつた。さういふ美の思想の源流にまします後鳥羽院の申された誠といふものは、文人の詩歌のよつて立つところの誠であるが、この絶對の意味は、御製に申された「ものをおもへば」といふ御一句の中にふくまれる國史精神の奉戴の仕方にある。

美の思想と詩の精神に於て、後鳥羽院がわが中世以後文學の御源流にましましたことは、今日の人々の場合も、大體精神史的な觀點の方から了察し易い狀態にまできてゐるが、往昔の文人たちは、和歌の中興の祖として後鳥羽院を拜すると共に、連歌の中ごろの御始祖と奉戴してきたのである。この傳承の史觀の形の上にあらはれた事實は、萬人にたゞちにわかることであつて、精神史の上のことを、思想として知るといふことより容易であつた上に、さらに判明であつた。これは連歌師たちの傳統の考へ方だつたから、俳諧師も勿論うけ傳へてゐた。

我々の現在の場合は、かうした意味で後鳥羽院がわが文化と精神の歷史の上に位し給ふ御位置について、極めて純粹に考へうるが、連歌俳諧師の場合には、一種の儀式として傳へたものだつたし、一面では自分らの職能を莊嚴ならしめるといふ世俗の目的も多少あつた。これは時によると邪な方へ入ることもあるが、やはり大切な國がらの一樣相であつた。我國の藝道や美觀が、一種の美的宗教になるといふ原因も、かういふところにあつたが、又藝道や美觀や藝能をさういふ形で行ふためには、神や皇室を御始祖と仰いで祭事の形をとることが必要であつた。さうして江戶時代の俳諧師たちは、俳諧は連歌から出たものでなく、神代よりすでにあつたと云ひ、誹諧の字を蕉門で俳諧としたことについても、これには故翁芭蕉の奧儀があつて、「史記」の說によるなどといふのは間違ひで、わが敕選の古今集によられたものだなどと主張してゐる。このやうに來歴を尊く云ふ考へ方には世渡りの氣持の入る場合もあるが、本心の大部分は純粋な思ひだつたし、誰だつてさういふ集團の中で、心をこらし身をせめてゐる間には、その純粋の方をさとつて、その瞬間に、國の詩人たるの自覺に到着する。宗派的な佛教の場合でも、その宗派が大衆化するためには、敕願といふ形式を得ることが必要だつた。敕願寺といふのは、敕許をうることである。またわが國では佛者の最高位は必ず朝廷より賜つてゐた。これは當然のことだが、かういふところにも、考へ方によつては、國がらのありがたさがあつた。私は大體善意に考へ、世渡りの必要などといふことを云はないで、さういふ故事來歴が、自覺した人を生む場合の方を、主として考へたい。

かうして連歌俳諧師が、和歌の方とは異る藝能家としての祭事を行ひ、己らの仲間の始祖神として、後鳥羽院を奉祀してきたことは、宗派佛教者が朝廷の御威光にたよつて己らの宗團の繁榮を策してきたことより、一そう純粋なこゝろもちであつた。我國の藝能と後鳥羽上皇との間にも、連歌に於けるやうな關係があるのである。風雅のみちの者たちは、かうして都の文化を聖地とし、御始祖の御名を奉じて、俗でもなく僧でもないところの、別派の宗團者風な身なり風采をして、又一箇獨自の生活樣式をうちたて、己らの思想の宣布に從つてゐた。かうして彼らは四方を巡歷して生活すると共に、國ぶり都ぶりの文化を流布した。しかしかういふ文人のすべてが、己の心魂をせめて、この傳統の云ひ傳へを流布してゐたわけでは勿論ないが、多少の程度で、通じてはゐたのである。

有心と無心の關係も、やはりこの後鳥羽院の御思想によつて、その端然とした原始を發見しうるものであつた。それらは末は岐れていろ〳〵となつたけれど、原始にあつた國の悲痛を、多少の色彩として殘すといふことは、淺ましくなつた末流さへ心の奥底にとゞめ、流派のいづれの側に於ても失はなかつた。

「柴門辭」は、元祿六年芭蕉五十歳の時に、許六の歸郷に餞した文章であるが、「去年の秋、かり初に面をあはせ、ことし五月のはじめ、深切に別れを惜しむ」と書き出してゐる。このかりそめに會うて、深切に別れるといふことも、道にゐる者のあはれをこめた心もちである。かやうな出會の感慨は人の性狀によつても異るが、道に志のあるさまによつて、その表現表情は必ずしも一つではない。けだし最初の出會に、肝膽を照らす壯士調を、惜しげなく用ひるには足らぬことである。

ところでこの芭蕉の文章の中には、重大な思想が入つてゐる。それは芭蕉及び中世と近世の文學の道を解くための最も重大な鍵となる思想であつた。さうしてこの文章が、已の愛する門弟に、情をこめて書き與へたものであり、しかも別離といふ常ではない狀態で書いたものだから、切實な教訓に違ひないといふことは誰にも直ちに信じられる。さらにこの文章が切實耐へ難く響くのは、さういふ狀態に臨んで、全身をふるはせるやうな感動をひらき得た、芭蕉の道心の狀態に原因があつたのであらう。

芭蕉は平常から、つねに道を思ふ激昂した心の狀態に生きてゐた。彼の胸中はいつも熱いもので一杯だつた。さういふ狀態は、一つ何かにふれるやうな時にも、滿眼は涙の奔流をなした。彼のさびは、枯淡でなく、満眼熱涙といふ状態だつた。いつも茶色の衣を好んで着て、自分の第一の好物は蒟蒻だなどと門人らに語るやうになつた頃から、いよ〳〵さういふ心的状態の激しいさまが見える。彼の慟哭の歌は老境からさかんになつた。さうしてこの事情は、この文章にもすでに十分に見られるところである。さきの文章の後に出る大切な部分といふのは次のやうに書かれてゐる。

「予が風雅は夏爐冬扇の如し。衆にさかひて用る所なし。たゞ釋阿、西行のことばのみかりそめに云ひちらされしあだなるたはぶれごとも、あはれなる所多し。後鳥羽上皇の書かせ給ひしものにも、これらは歌に實ありて、しかもかなしびを添ふると、のたまひ侍りしとかや。さればこの御言葉を力とし、其の細き一筋をたどり失ふ事なかれ。猶古人の跡を求めず、古人の求めたる所を求めよと、南山大師の筆の道にも見えたり」云々と云うて、風雅もこの道に同じと結んでゐるのは、まことに切々と心にひゞく文章であつた。

この「夏爐冬扇」は、王充の「論衡」といふ書物に出てゐる由で、但しこれは、夏に爐を進め冬に扇を供するのは、徒事の極だと云うたものだが、芭蕉はこれをとつて重大ないのちのことばとしてゐるところに、意は全く異るのである。次に出る釋阿西行云々の、釋阿とは俊成のことで、「後鳥羽院御口傳」では、しきりにこの兩者を讃め給うたが、芭蕉はそれを要約申して、「實ありてかなしびをそふる」といふ言葉で現したものである。「さればこの御言葉を力として、其の細き一すぢをたどり失ふ事なかれ」といふ意は、註釋の及び難い深い内容がある。さらに南山大師云々の語は空海の「性靈集」に出てゐる。南山大師とは空海のことである。

こゝで芭蕉が、後鳥羽院と申し上げてきた文人間の、傳統的な御稱號を申さずに、後鳥羽上皇と嚴しく正しく申し上げてゐるのも深い意のあるところと思はれる。私が後鳥羽院に對し奉つての芭蕉の關係といふことを申すのは、必ずしも一句のみをたよりとして云ふのでない。しかしこの「柴門辭」の一句が、私に日本文藝の歷史といふことについての眼を開かせてくれたといふことは以前にも再々云うたことである。

この後鳥羽院の御言葉を力として、「其の細き一筋」を生きようといふことは、代々の詩人のいのちの考へ方だつたのである。後鳥羽院の御歌心は、歌論のみでなく御實身で描かれた御物語と御生命のそのまゝが、わびさび時代の文人の教として、いのちのたよりとなつたものであつた。古人の跡を求めず、古人の心をとへとの教へのまゝに、私はこの數年來、後鳥羽上皇の御教へをたよりとして生きてゐた文人である。さうしてある時期にあつては、さういふものを守らうとしたたゞ一人の文人であつたとも思うてゐる。世間は私を、所謂日本主義的な文藝革新論といふものを、最も早く口にした文人として遇するかもしれない。しかし私自身の志は、芭蕉の願望に卽して、古の後鳥羽上皇の御教へを、たゞ一人で守らうとし、それにわがいのちのよりどころを思うてきた文人であることを、近世以後の文學の歷史の中で自負してゐるのである。

有心無心の關係は、現象的に見ると、もののあはれが、わびさびとなる關係と多少通ずるところもあるが、やはり根本に於てはわびさびの中に、有心無心の分れを見るのがよいと思ふ。卽ちもののあはれとわびさびの關係をまづ念頭にして、芭蕉の個人の歴史に現れたわが國の文學史を考へたい。

芭蕉が何故民族の詩人であり、又民族の祭りを受けるにふさはしい詩人だつたかといふことは、既に云うた如く、彼にあらはれた歴史によつて知られる。單に芭蕉にあらはれた抽象的な價値のみによつて芭蕉の眞價を考へ、さういふものによつて芭蕉を祭るといふなら、我々は各國の圖書館や博物館の巡禮者である方が、氣がきいてゐたかもしれぬ。さうしてかういふ系統の人々は、今日では國際交通が不可能だから、日本の古の圖書館と博物館を見てゐるのだと云ひたいほどのことを今もしてゐる。彼らは交通が囘復したら、また外へゆくに違ひない、彼らの見る眼が、さういふことを云ひたげな眼にすぎないことは、今も明白である。しかし芭蕉を祭つた舊式の人々は、さういふ思想を行はなかつたし、さういふ態度を憎む側の心持と志の人であつた。

野ざらしの旅から遡ること二十年前、寛文四年に上梓された貞門の松江重賴の「佐夜中山集」に宗房の名で、芭蕉の句が二つ見える。時に芭蕉二十一歳であつた。頴原氏の說によれば、彼が壽貞尼を知つたのは、この前年二十歳の時と考へられ、その以前の明曆三年十四歳の作といふ俳句は疑はしい。

野ざらしの旅を中心に考へてみたが、初めに云うたやうに、私はこゝでもう倒敍の形式はとらない。その手續きは、第一、第二の章と及びこの第三章の前半で大たい終つたと思ふからである。だからこれからの記述は、すでに決定した一貫したものの形影に沿うて、芭蕉を語るわけである。

さて次いで寛文五年二十二歳の十一月には、彼の主君だつた藤堂蟬吟の主催した貞德十三回追善俳諧に列し、この中に宗房の附句十八句が出てゐる。この蟬吟は、いろ〳〵の意味で芭蕉の青年時代に深いつながりのある人であつたらしいが、翌寛文六年四月二十五歳の若さで歿した。芭蕉はその年の六月この不幸な故主の位牌を高野山に納めたが、その秋の頃に故郷を出奔して了つた。この出奔の理由については、主君の死を悲しんだからとか、戀愛の事件によるのだなどと取沙汰は多いが、いづれもとるに足りぬやうで、確かなことも不明らしい。故郷を出奔したのちは、京都に出て、學問修業に暮し、その間に北村季吟などに學んだ。の故郷を出奔したのは、二十三歳の年である。

ところが寛文十二年正月二十五日、芭蕉は生れ故郷の伊賀上野の氏神天滿宮へ三十番の發句合せを奉納した。これが「貝おほひ」で、後に江戸に下つてから板行せられた。その刊行は同年でないかと云はれてゐる。こ「貝おほひ」は當時の小唄や流行言葉を自由自在に驅使して、發句判詞共に才氣に富み、芭蕉の處女撰集としてのみでなく、俳諧史の上から云うても注目される作品であつた。

この「貝おほひ」は芭蕉の一時代を代表してゐるが、同時に芭蕉といふ個性の中に描かれた、日本の文學史の一時期とも云へるものだから、その芭蕉の序文だけでも引用してみたい。

「小六ついたる竹の杖、ふし〴〵多き小歌にすがり、あるは流行《はやり》言葉の一癖《ひとくせ》あるを種として、言ひ捨てられし句どもを集め、右と左に分ちて連節《つれぶし》にうたはしめ、その傍らに自らが短き筆の辛氣晴《しんきばら》しに、清濁高下を記して三十番の發句合を思ひ太刀、折紙の式作法もあるべけれど、我儘氣儘に書きちらしたれば、世に披露せんとにはあらず。名を貝おほひといふめるは、合せて勝負を見る物なればなり。又神樂の發句を巻軸に置きぬるは、歌に和《やは》らぐ神ごゝろといへば、小歌にも予が志す所の誠を照らし見給ふらん事を仰ぎて、當所天満《あまみつ》大神《おほんかみ》の御社の手向ぐさとなしぬ。」このあとに寛文十二年正月廿五日の日付がある。

この冒頭は小六ついたる竹の杖のつゞきから、「竹の杖」の縁で「ふし〳〵多き」と云つたものだが、小六といふのは慶長の頃、赤坂に住んだ關東小六といふ者で、美男で唄が上手だつた。「小六ついたる竹の杖」云々といふ小唄は今も殘つてゐるが、その他小六に材をとつた小唄が小六節といふ名で當時流行してゐた。このつゞきの「思ひ太刀」といふのは「思ひ立ち」の意味である。短き筆の辛氣ばらしといふのは、筆の心を辛氣にかけてゐる。辛氣といふのは普通に使ふ言葉だが、心持のうつたうしいことである。神樂の發句を巻軸に置くといふのは、一巻の最後が左右とも神樂の句にしたことを云ふのである。その次の「歌に和《やは》らぐ神ごゝろ」云々といふのは古今集の序にひつかけたもので、最後でこの一巻奉納の趣旨を云うてゐるが、俳諧だから滑稽に書いてゐるが、心持が通つてゐる。藝能の方では、神は滑稽な所作を喜ばれるといふ一つの信仰があつて、これが藝能興行の根柢の思想となつた程だから、外面のみをみて不敬と云ふことはない。當時の人は神は浮れた人ごとを喜ばれると考へてゐたし、この考へは今も殘つてゐる。

俳諧は滑稽を本として生れ、貞徳などは、俳諧は俗のもので、たゞ歌連歌へ入る門と考へたほどで、歌連歌より低い藝能としてきたのは、一般的だつた。貞徳はよい志と思想とをもつてゐたが、道は形の上にあるやうに考へ、復古といふことを形の上で考へた。これは芭蕉の道の自覺と大いに異るところである。貞徳はみやびが人心にあるいのちの原理なることを知らず、教へ與へねばならぬものと考へこんでゐたのである。當時ではまだ復古の思想が一般化するに至つてなかつたからだが、つまり低い段階で俳諧を藝能として考へてゐた。それでもさういふ藝能の興行といふことは、勿論祭事のことだから、芭蕉も處女撰集を郷里の氏神に奉納してゐる。

俳諧の歴史では、以前は誹諧と書き、蕉門で俳諧とかきかへてから、このことについて色々の奥儀めいたことを云ひ出したが、こじつけごとは別として、それも多少意味があると思へる。普通には連歌師の宗祇の作つた「誹諧百韻」を俳諧らしい俳諧の始りとしてゐるが、やはり連歌師の山崎宗鑑の「犬筑波集」や、伊勢内宮の宮司だつた荒木田守武の「獨吟千句」が出てから、次第に誹諧といふものが世に行はれるやうになつた。先づこの二人が開祖に當たるわけである。しかしすでに芭蕉のころでは、俳諧の由緒來歴を立てて、神代に起原をおき、日本武尊から萬葉集や古今集をへて、後鳥羽上皇を一貫する堂々たる國史を考へてゐたことはさきにも云うた。元祿といふ時代が、さういふ復古道の旺んにならうとする時代だつたのである。

宗鑑は滑稽洒落な人柄だつたらしいが、守武の方は、身分がらから云うても、なか〳〵

おちついた人柄と想像され、「元日や神代のことも思はるゝ」といふやうな、今日よんでも大へん沈着なよい作品がある。芭蕉がのちに時風《はやり》を嫌つて、宗祇の時代や守武の風をしたつたことは、連歌から誹諧へ移るころの清純素樸な發句を喜んだからであらう。

海はれて遠山さむき朝戸かな

時雨きや夕日をのこす秋の海

今年生に心をゆづれ園の竹

誰が宿ぞ卯花ゆへるかきつばた

行春の宿のものとや遲ざくら

これらは「壁草」に出てゐるから、文龜前後の亂世の作であるが、連歌が和歌の風雅に不卽不離にゐたころの清調がみられる。芭蕉の志ももとよりかういふところにあつたのは、一面から見れば元祿の古典復興の動きと、この大詩人の關係といふ方から、考へるとよいと思ふ。更に宗祇といふ人の亂世の詩境には、わが歌の心を解きあかしてくれる上でありがたいものがあつたのである。ともかく連歌師時代の發句や俳諧は歌の境に近く優雅だつたが、宗鑑はこれを一變して滑稽で威勢のよいものとした。守武の獨吟は、大體俳諧風だが、それでも第一句の

飛梅やよろ〳〵しくも神の春

われも〳〵のからすうぐひす

などでは、滑稽の考へ方が後世とは少し異り、この出方にはなか〳〵に重々しいものが見

られる。よろ〳〵しくといふのは蹣跚としたといふ意味で、酔歩を形容するのに用ひる。それから考へても、この發句と附句の感じに重みがある。しかし宗鑑が俗語俗言をさかんに使つて、俗耳に入るやうにした時は、大いに方向をはづした。俗語に問題があるのでなく、滑稽の考へ方や文藝が俗耳に入るにとゞまつたといふところに問題があつた。宗鑑の俳諧では

霞のころもすそはぬれけり
さほひめの春たちながらしとをして
あなうれしやな餅いはふ比
梅が香の先はなへいる春たちて

まづかういふ調子である。駄洒落の中にも、ことばの上だけのものや、理智の上のものや、智識の上にわたることが入り混り、さかんに出て、それらの事情は「左保姫の」の一句の中で、さういふものがいく重にきいてゐるかを考へても、よく作つたものだ。しととといふのは尿のこと、「はなへ入る」は、前句の「あなうれし」のあなを穴にとりなしたものだから、かういふ滑稽は露骨なわりにあまりあつけなく、面白さがうすい。また彼の逸話にまでなつてゐる話で「しり毛をつたふ雫とく〳〵」と示されて、即座に「水とりの尾の羽の氷今朝とけて」と附けて感心させたといふ話など、きはどいところを喜んだものにはちがひないが、やはりつまらぬ興味で、口にすべきほどのことでなく、まづ浅いものであつた。

かういふ後へ貞徳が出て、古格を守り、保守を説き、連歌俳諧は、和歌の道に入る門だと云うたことも、大いに肯んじられ、その志も感じられる。しかし貞徳の藝論は格を守る保守で、一面では道徳の形容を主んじたから、やはり駄洒落の域を出なかつた。この貞門の保守に對する反動として、西山宗因の一派の破格と自由を說く者が出て、和歌連歌の老人めいたしづかさの代りに、漢詩調の壯士《をとこ》ぶりをもち出した。

往時の俳諧師の考へてた、俳諧變遷史についての思想を云ふに適した文章があるから、こゝで少し引用したい。これは「誹論」の說である。まづ宗祇より筆を起し、守武、宗鑑をへて、貞徳のことを誌し、貞門が寛永年中に榮えたことを云ひ、つゞいて後水尾院、後西院の御製發句を多數記載したあとへ、「かくのごとく、本院新院ともに翫び玉ひければ、月卿雲客も盛んに有し連歌新式によりて、誹諧式法定り、年をつみ日をおふて、誹諧大に行はれ、洛中洛外はいふにおよばず、諸國の誹諧此時に一統す。(中略)貞徳亡後維舟季吟兩士、先師の風體を彌ほどこす(中略)貞室松賢兩士洛に居て貞徳傳來の誹諧より他事なく専ら行ひければ、此門に遊ぶ誹士あまたなりしに、人皇百十三代靈元院御宇延寶年中、攝州大坂に西山宗因といへる豪傑の士出て、連歌を里村家に學び、誹諧は宗鑑が遺風を慕ひ、自分の風流を潤色して専ら行ふ、その後武州に下向し、談林軒松意といへる誹士の方に寄宿して大に行ふ、松意が軒號より思ひ付、佛家の檀林に附會して、これを世俗談林誹諧といふ、武江此一風に流行す、亦攝州に戻り大にふるふ。既に後水尾院にも、貞徳流を遊されしかども、談林風のさかんなりしを、ゐいりよにかけさせられ、いでや談林の誹諧を遊しける。（略）爰において貞德流の古風を荒廢して、誹諧宗因に一變す。宗因門人に井原西鶴といへる英雄有りて、一日に二萬三千句獨吟す。談林かく盛んに成し時、桃青といへる誹士（中略）宗因が行ふ所の談林の當風になびき居て、ほどなく工夫をこらし、悟道して、當流をうとみ、季吟門人なれども、古風にもよらず、發明して一派を行ふ。都會の人々次第に爰に集り門人市をなす。芭蕉洞の庵なるを、世人終に芭蕉庵と號し、亦芭蕉翁と稱し、東府に盛なりし宗因の弘めし談林誹諧大におとろふ」云々。

この瑞笑の誌した俳諧の盛衰記は、多少解しかねる節々もあるが、書きぶりが面白いのでこゝにひいた。文中にあらはれる後水尾院御製については、正確に知るところないので、一應はゞかつたが、後水尾院が近世史に於て、文化藝術の一般に亙つて、最も重要な御位置にいましたことの由來は、私の以前の著書の中で謹述したところである。ともかくも寛政年代前後の人々が、かういふ形で俳諧の變遷を考へたといふことを、私は云ひたかつたのである。

記述があらぬ方へ入つたが、芭蕉の「貝おほひ」が出現した後も、芭蕉は大體談林風の中にゐたが、時代はすでに下河邊長流や契冲の如き先覺を生み出し、古代の道にかへらうとの氣運はさかんであつた。さういふ思想の狀態の中で、芭蕉が一應目標としたものは、貞德の時代でもなく、宗鑑の風でもなく、宗鑑よりやゝ古い守武の時代でもなほ不滿だつた。さうして芭蕉の思想は、俳諧といふ限りに於ては、その道の混沌のやうな宗祇にあつた。文龜年代の亂世の詩風が、實に俳諧が連歌から分離するけぢめにあつたといふことを了解したのは、しかし「貝おほひ」より十年ののちであらう。「貝おほひ」はもつとすなほに、時風の中にゐて、しかも將來の基となる新風を開拓する程の雰圍氣をもつてゐる。芭蕉が宗祇時代の混沌狀態をみつめたといふことは、根本に於ては當時にきざした復古思想の風雲に立脚したのである。元祿といふ時代は太平の時代といふが、文運の上から云へば、英雄豪傑輩出して、風雲の激しい時代だつた。これはさしもの宗因の談林が、その覇を稱へた時代の短かさを考へてもわかることである。さうして復古のみちから考へると、俳諧の源を宗祇にみることは、形外形のみでなく、よく心持が通じた。秋成の云うたやうな、もの好きに亂世の詩人をまねたのでなく、芭蕉が宗祇に見たものは、純潔な發句の發想の混沌狀態だつた。この詩の心持が通ずるところに、芭蕉が談林とも離れる原因があつた。

宗因やその門下の西鶴などが、江戸へ下つて大いに威を振つたやうに、當時は上方の文化が江戸に下つて、東武を風靡する時代であつた。さうして芭蕉の場合も、この例にもれなかつた。しかし芭蕉が「貝おほひ」の作品と雰圍氣をもつて東下した當時は、この青年の作風はまだみとめられず、内に藏したものは殆どみられなかつたやうである。

それは「貝おほひ」のねつつこい情緒と共に、その下を流れる比較的にさらりとした、自然に身をゆだねた者の感情が、當時の雜居的江戸文壇では理解されなかつたのである。談林派の漢詩調をさへ加へた文藝の壯士調にくらべると、「貝おほひ」のもつ頽廢は、一きは深いだけに、中心に健かなものがつきまとつてゐる。その頽廢は、山野を歩む代りに、遊里をゆくのだといふだけの氣概を底に示してゐた。難事を人爲でさばかうとする代りに、大なる自然に身をゆだねるといふ安心が底にあつた。この氣概や安心は、わが都風《みやこぶり》の文化を正確に學んだならば、必ず自得する國史の感覺の殘りの花の香である。一見弱々しさうに見えても、底に自然の大きな力を信ずる情があつた。男女間の愛情の關係や問題の如きも、この大なる自然の情を信じねば、どこにも安心の根柢がない。しかもその關係が、合理的に信じられるとか、安心できるといふことを超越して、自然に強く成立つてゐることは、男女の間を結ぶみちが、人爲でなく天造だからである。

ところが談林系の文藝では、西鶴の描いたものがよく示してゐるが、この間の關係を根據づける何らかの人爲物や人爲思想が必要だつた。さういふ考へ方が最も高く達した時には、意氣や俠氣といふやうなものを考へるが、これらにしてさへ、また義理人情といふ形にしても、これを人爲道德の感覺として見たにすぎず、決して道德の根據となる天造の感覺でなかつた。男女間の情の成立根據を自然の神造體系と考へる者は、親子の情の自然なものを道德のもとと考へるが、男女間の情を自然な神の作つた秩序の基礎と考へ得なくなると、さういふ文藝の場合には、最も意氣の壯んで派手なものでもこけおどしめくのである。さういふこけおどしでは、たとへそれがますらをぶりめいた壯士調でも、我々はこれをますらをぶりとは云はぬし、又その文藝に道德があるとも考へない。

貞門から談林へ移つた俳諧にどれだけの變化があつたか。その自由破格は、多少の俗語調を加へつゝ、實に文藝としての自信では、異國の文華の助けによつたものが多かつたのである。それが相當の決心からされたものであつても、後から何となく淺はかに見えるといふことは、いつでも文人の教訓となる先例を一つ加へたにすぎない。その壯士調と云ふ壯士調の明白なものをみても、古來の戰記物の和漢混淆體の一句より一歩出たものも少く、殆どさういふ形では低俗の語呂合せに終つた。

勿論これは一貫した國史の思想によつて慟哭するといふ心の支度がない限り當然のことで、さきに云うた「義朝の心に似たり秋の風」といふやうな、芭蕉の先人の技法のとらへ方は實に放埒を超えてゐるが、これを可能にしたのは、感情の激化といふことと、生きてゐる道の自信とに立脚するもので、さういふところから、守武の夢想せぬ歎きが殆どそのまゝの詩形の中に生みなほされた。後の「むざんやな甲の下のきりぎりす」のやうな身に迫る句の世界も、芭蕉以前の誰も云ひ得なかつたし、近代に入つてもこの間までは、大方の人々にその心境のあり方もわからなかつた。

「貝おほひ」の傾向で眼につく點は、當時の流行語や小唄を自由にとり入れて、短い形の中へ相當に複雜な世界を入れうるだけの、形式上の技巧が完了したといふことである。しかしそれは技法から云うても、作者の考へることの內容によつて現れることだつた。さうしてこのもの自體は、もう一度轉機をもつ筈だが、こゝに現れた文藝的に濃厚な爛熟は、中世以來の歌學の實際的な思想から云ふと、絕對の過程だつた。無心體の「寂」に入るについて、「艷《えん》」を旨として修業せねばならぬといふことは、代々の歌學者の云うたことだし、又俊成や西行の自らのみちとして敎へておいたところで、さらに後鳥羽院が、大きい観點から御決定になつたことだつた。さうして俳諧だから、さういふものを俗な世界で行ふといふことは、當時の考へ方で當然であつた。芭蕉個人の歴史から云うても、詩の歴史として云うても、「貝おほひ」はこの道程の作品であつた。彼は思ひきりの低いところで、その艶を描いた。しかしそれはきはどい好色の駄洒落ではなかつた。この點では初めから芭蕉は時流のおちてゆくところの外にゐたことが知られた。

しかも彼が自然に描いた頽廢は、舊來の俳諧の唯一のよりどころとした滑稽をうちから崩壊させる力をもつものである。この通俗的な滑稽を崩壊させることは、一つ飜ると俳諧を創業期の混沌狀態へ戻すこととなつた。それは寛永時代より古く、天正よりなほ以前の、文龜時代まで直ちに遡ることとなる。けだし文藝の頽廢は詩人の自信の上に成立してゐたのである。どんな深い自信からそれに當面するか、これが詩人の文藝を決定する。

この「貝おほひ」の俳諧史上の意味については穎原氏が、談林の西鶴に先んずる新風だと云はれてゐる。さうしてこの作品の前では、談林は決して新風と云へないと斷じてゐられるから、我々もたゞこの斷定を信ずるより他ないと思ふ。

しかもその中に描かれたものを以て、芭蕉の青年時代の生活そのものを描いたと云ふのは、さう云ふ人の生活といふ考へ方をまづ明らかにせねば、一概には何も云へないことだが、私はこの作品をかなりていねいによんで、それを芭蕉の實生活に還元すると、芭蕉はこゝに描かれたやうな頽廢と遊蕩の生活を、このやうに思ひきつて底なしに云ひくるめて了へるほどに、さういふ中にゐても、ゆたかなゆとりをもつて、さういふ色々のいきさつを眺めてゐたと感じたのである。芭蕉ほどの大詩人だから、若い時にもそれ位のことはあつたにちがひないし、後年になつてから閑寂生活を敍してゐるあの餘裕をみても、そのことの事情は、すでに若年のこの句合の中に十分みられるものである。

この「貝おほひ」の中の「今こそあれわれも昔は衆道好きのひが耳にや、とかく左のこん袋は趣好もよき分別袋と見えたれば、右の衆道の浮氣沙汰はまづ思ひとまりて」などいふ文句は、芭蕉の青年の日の環境を語るときによくひかれるものだが、この右の云々といふのは、「兄分に梅をたのむや兒櫻」の句の批判で、この文句のまへに「うち任せて梅の發句と聞えず、兒櫻の發句と聞え侍るは、今こそあれ云々」とつゞくのである。又同じ判詞の中に「伊勢のお玉は鐙か鞍かといへる小歌なれば、誰も乘りたがるはことわりなるべし」といふやうなきはどい文句も出てゐる。

しかし芭蕉の青年時代は、放蕩無頼と云うても、幇間的雜俳師に遊蕩を教へられたやうな、間のぬけた若旦那風のくらしなどは全然なかつたと思へる。家祿は低くとも由緒ある士家に生れ、相當の教養ある家族の中に成長した若者は、放蕩の生活の中にも、それなりに餘裕をもつてゐるし、上方の生活は大體さういふものであつた。田舍から都會的成功を目ざして働きにきた若者が、多少有福になつてさういふ都會的な色里の雰圍氣に入つた時に起る一種の悲劇ともいふべき形は、大體元祿の浮世ものの樣式だが、多分さういふしくみが現實だつたのではないかと思ふ。

さうした放蕩生活の天然の節度が一見冷たさうに見えるといふことは云へることだが、

もつと一般にも、長い文化にみがかれた土地の感覺は冷たさうに感じられる。しかしこれももの底の深さに到らぬからの判斷であつて、眞情を見る眼の訓練が足らぬからでなからうか。信ずるとも信じないともない狀態の中にゐて、時に當つて激昂しうるやうな胸中の火をもつといふことは、無限の長い時代の文化でみがかれてきた者らのもつ熱情の相である。私は芭蕉の遊蕩的戲文の中に、云はゞさういふ冷たさうな眼を見ると共に、さらにその底に、彼自身の肉體で覆うてゐる熱いものを感じる。その熱を集中するもののために、身體の外面の體溫は奪はれ、手ざはりに冷えたものを味ふのであらう。思ひをどんな形で表現したかといふことに、熱情を判斷する目盛りをおくのは、あまりに粗末なものの見方である。しかしかういふことはとるに足りぬ說明だと思ふ。たゞさういふ心的狀態のわやくのやうな表現として、滑稽や放蕩を見定めるといふところから、「貝おほひ」の次の段階がやゝ感じられるが、それがいつごろから出てくるかといふ點では、內心の機の熟するのを待ち、又時運をまつべきだが、つひに長い間に徐々に時運はくるであらう。我々も、何をしてゐようと、このみちだけは信じたいと思ふ。

　このわやくといふのは、子供のわんぱくでなく大人のわんぱくの滑稽とでも云ふほどの意味をもつてゐる。上方言葉でわやくちやにすることであるが、近世文藝の小說や俳諧には、この思想が大體大きい要素としてある。このわやくとは何かといふことは、それを描いた二人の上方の小說家として、西鶴の場合と、秋成の場合とでも、かなり異つて現れてゐる。しかし彼のしつこさと、この癇高さは、いづれにしてもわやくの二つの要素だつた。

このわやくといふものにふれるだけでも、文藝上色々の問題があつて、このことばは狀態をいふ場合と、機能として云ふ場合とでは隨分に變る。

にはかもわやくの一種の働きだが、これは藝能の面のことで、にはかの場合は、演者がわやくにせねば、看る方でする。ともかくわやくを行ふものだ。どんな藝能でも、それには多少わやくがついてくる。簡單に說明すると、俳諧の滑稽にはこの要素が多く、さわがしく仰々しく振舞ひ、すつかり人の脚をさらふやうな、あつと驚かせるやうなしぐさをするやうなことも、その一種の働きだが、さういふ場合に、何かの惡意があつて、對手が何かの痛手をうけるといふのでは、これは藝能のにぎやかさでないし、もうわやくでない。

普通に對手の脚を拂ふと立てないわけだが、さういふことを惡意の成心をもつてするのでなく、輕い口先のやうなところで振舞ふ。つまり藝能の滑稽やないし振舞によつて、人をあつと云ふ間に落すことだが、その落し方が、理で落すのでも機智で落すのでもなし、つまり云へばわやくちやにする。藝能の一種の雰圍氣と云うてもよいが、それは雰圍氣だから、人が支配する力以上のものが働くわけである。しかしこれは今日の大阪漫才の中では、もうあまり露骨になつて了つて影を薄くした。もとはさういふわやくを、祭りの氣分の中にも感じてゐたのである。芭蕉が大切にした輕みといふやうなものにしても、高踏清醇だといふことは大いに違ふが、このわやくの根據に多少通ずるやうに思ふ。

秋成の「春雨物語」の「海賊」の篇の最後の一句の如き、わやくの高踏清醇な一例だが、その話は、秋成が海賊の口にかりて紀貫之を批判し、さんざ〱惡口を云ひ、あるひは威嚇もしたあとで、筆は人を刺す、又人にも刺される、しかし相共に血を見ない、とぼそりと結んでゐる。これなどそれまで自分が懸命に描いてきたことを、最後の一句ですつかり空しくするやうな云ひ方だが、何か底に脈々とした、激しく一心なものの、やりきれなさがあつて、一抹の悲壯感さへ味へる。お祭りの雜沓のやうな、華やかな無常迅速の匂ひと共に、歡樂つきて哀愁が生ずるといつた印象のさかんにわくやうなのは、わやくのあとである。

芭蕉のことばでは「おもしろうてやがて悲しき」といふものを形容することばがあるが、このおもしろさを、人を浮かせるお祭りの面白さと考へると、わやくの機能にもさういふものがある。俳諧興行の場合にも、滑稽といふより、わやくといふ方がよくわかるやうなものが一座を導く例が多々あつた。さうしてわやくの放埒には必ず節度がどこかに働いてゐるが、それは人間の考へた節度でなく、何か大きいものにたよつた安心の現れだつた。

しかしかういふ形で、俳諧の滑稽を見定めるといふことは、談林の人々にはまだ不可能であつたし、貞門の人々は初めから己らの俳諧を滑稽や世俗として了ひ、それを卑下してその上のことは考へてゐなかつた。つまりよい志はあつたが、世渡りの云ひ訣に終始し、觀念を情勢論で説いて了つた。俳諧を教へるのは、連歌和歌への道をつけるためだと云うたことなど、心持は恐らく正しいものにちがひないが、大方がわびしい云ひ訣で、考へ方としても不徹底だつた。この派の人々は俳諧流行前の人々だから、學問があつたし、そんなわけで、歌連歌と俳諧のけぢめを考へすごしたのである。學問の態度といふものは、よい場合にさへ、こんな不徹底に終りやすい。

芭蕉は後年に俳諧の獨立感に安心できる境を開いた時に、旨と云うたのは、風雅のみちといふことで、それは形に現れるけれど、形式にあるものでなく、これは歴史を貫道する國民の情緒だと知つたからである。さうして彼は俳諧の文藝としての獨立を策したのでもなく、計つたのでもなく、至誠を貫いて自らに世界を拓き、形式に生命を創造したのである。他にある對立物に眼をむける代りに、自分の道をうちたてることのみを考へた。これは極めて自然な考へ方だつた。彼が情勢論から俳諧の自律を考へてゐたら、俳諧の地位はつひに立たなかつたと思はれる。

しかし「貝おほひ」ののちにも、芭蕉は無意識といふ形で、なほ低い狀態にゐた。心中の玉は外に現れなかつた。延寶三年三十二歳の頃には、當時東下中の宗因の俳諧の席に列つたが、翌延寶四年には山口素堂（信章）と兩吟で、「奉納二百韻」を興行した。この時の作品は

梅の風俳諧國に盛んなり　信章
こちとらづれも此時の春　桃青
紗綾《さや》りんず霞の衣の袖《そで》はへて　〃
儉約知らぬ心のどけさ　章

と云つた式で、大體に談林である。さうしてこれはたしかに梅翁（宗因）を謳歌した發句で、芭蕉（桃青）がそれに對して、こちとらづれも（我々も皆々）その風にならふとつけ

たものと考へられる。なほ別の巻の、

此梅に牛も初音と鳴つべし　　桃青
ましてや蛙人間の作　　信章
はる雨のかるうしやれたる世の中に　　、
酢味噌まじりの野邊の下萠　　青

これなども同じやうな追蹤で、模倣である上に、「談林十百韻」の壯んなさまには、これでは及び難い。しかもこの年には季吟の「續連珠」にも入集してゐるから、貞門談林の兩派に出入してゐたわけである。文藝上の氣風から云ふと、この一例でもわかるやうに、氣負つたやうなことを云ひつゝ、「貝おほひ」の生彩さへない。東府在住三年、沈滯の原因は多數あつたのであらう。さうしてこの年夏六月、郷里に歸り、秋に再び江戸へきたことにも、一身上の將來についての理由があつたやうに思へるが、詩人としての理由も想像される。詩人としての理由とは、疲れた詩心を囘復するものは、故山の山水以外にないからであつた。

この翌年から、芭蕉は小石川の水道工事に關係し、これが延寶八年までつゞいたやうである。恐らくこの前後のことを「仕官懸命の地をうらやみ」と描いたのでないかと思ふ。浪々の身のわびしさを味ふのは當然のことであつた。さうしてこの間の低調な自分の文藝を顧みて、「上に宗因なくば、我々の俳諧は今もつて貞德の涎をねぶるべし」と云うてゐるのは、文人の自信を現す言葉として、興味ふかい文句である。「貝おほひ」の出たころは、なほ談林の風が漸く動き出したばかりで、斬新さから云うても、むしろ一歩を先んずものがあつた程だと穎原氏も云はれてゐるが、江戸後期文壇の觀點でさへも、なほ「貝おほひ」的なもののくりかへしが、その一つの地盤だつた。恐らくこの語のもつ事情を解かうとすれば、自分のものを他人と時代によつて、一段と明確にしたといふほどの意味でなからうかと私は考へるのである。つまり内から生れてくるものの現れ方は、なか〳〵に見定め得ないが、その一端に通ずる他人のものが、却つて驚異としてわが眼にふれてくる。かういふ理由も一つとして考へられる。「梅の風俳諧國にさかん也」の發句に、「こちとらづれも此の時の春」と談林を謳歌した前言の云ひ譯では勿論ない。別の場所では「俳諧そのものの歴史はほゞ百年で、その實の盛なのは十年にすぎぬ。然らば、誰をさして古人と云ひ、何を求めてか古風をしたはむ」と云うてゐる。この語録は傳承を信ずると元祿年間のものである。

しかしもつと大きい眼からみれば、貞徳がその博識を傾けて定めた格を、徹底して打破するといふことは、宗因の豪氣によらねばならなかつた。貞徳の與へたものは、結局形の束縛と段階の强制にすぎなかつたのである。さういふことに對して、暗々にもつてゐた時代一般の不滿が、宗因といふ形であらはれたのである。宗因の出現は衆望を荷ふ花やかさだつた。しかも宗因がその時の思想の基礎としたのは、たゞ宗鑑の涎をなめることにすぎず、多少花やかな革新調を、氣象からしてかもし出したばかりであつた。宗因は、貞徳の保守をおいて、宗鑑の理智的な滑稽の自由をとり出したにすぎなかつたのである。しかしのである。若い芭蕉には、宗因がその俳諧を眞向にかざしてきた革新調の威勢のよさがうれしかつたのであらう。ことばがやさしければ俳諧でないといふやうな考へ方も、もとは多少何ともなくもつてゐたかもしれぬ。このことは後年門弟に教へて、俳諧をさういふところから考へてはいけないと云うてゐる。この發想は大切なことである。しかしその談林的時代の芭蕉が、一歩進んで宗因を貞德に對決させたとき、そこには全く何もなかつた。たゞ漠々とした空景氣のみであつた。宗因は貞門をすてて、談林をたて、文藝革新の好みと氣分を滿足させたのみで、これのみでは、實に一箇の革新的情勢論で本質の思想は何もない。文藝に志をもつ一箇大丈夫が己の道を託するに足るものでなかつた。

宗因を押しつめるなら、貞德によつて結果的に殺されて了つた俳諧を甦らせ、貞門法式にしばられた俳人を開放すると共に、俳諧と共に彼らを無限の頽廢へ導くにすぎない。つまりその滑稽には、精神上の自信と安心はなく、たゞ世俗一般の生活といふものが、滑稽を支へてゐるにすぎぬといふ、文藝の上から考へると、はかない大衆文學的根據しかもたなかつた。今の通俗作家なら、こゝで滑稽に關する人間主義美學を異國から借りてきて、安心を人工するところだらうが、それは一層果敢無いことである。ある時代の芭蕉が文藝上でめざした反俗の樣式としての頽廢は、必ずしもさういふ放埒の無軌道でなかつたが、すでに以前よりある文藝上の頽廢の力にたよつてきたことはたしかである。彼の疾風と怒濤の時代を待望するその心持は、さうして幾分宗因がみたした。江戸談林の初聲が堂々とした進軍ぶりを發揮したことは、今からも肯んじられることであるから、當時は如何ばかりだつたかと思はれる。

しかし宗因の考へ方にしても、貞徳の思想にしても、そこに止まる限りでは、何らいのちの秩序の豫想をもたない淵だといふことが、宗因の貞門に對する挑戰によつて芭蕉に知られた。芭蕉はこの時、宗因の形や跡を見たのでなく、已の心と俳諧の道を見たのである。即ち貞門と談林とを對決させて、終に眞の道を知つたのであらう。流俗的な觀念に挑戰する詩人の頽廢の諸相を、已の掌にひろげてゐた時、その間に一本の貫くみちを見る機緣を與へたことが、宗因は中興開山だと感謝した眞意と思ふ。俳諧は俗に立脚するが、風雅のものだから反俗である。

しかしこの間の事情は、一見すればさほどでもないことに大仰に感動したもののやうである。芭蕉の云ひ方が大仰すぎるではないか、又それほどに感動するには、對手の場所はあまりにも低かつたではないか。さういふ疑問を起す者は、未だ創造的な大詩人や大思想家の、心情の構想や、創造の力の構造に通じないことからもつ疑問である。このことは芭蕉の慟哭の詩を見る時にもわかることであるが、彼はつ丶ましいものや、かりそめの折に於てさへ、民族の歴史を貫く思ひをこめて泣いたやうな詩人だつた。宗因に貞門對談林の對決を考へ、そこから文藝千古の道を見るといふ大達眼を得たことは、芭蕉がさういふ清醇の素質をもつてゐたからである。

けだし芭蕉の遺語に出てゐる「俳諧は萬葉集の心なり」とか、あるひは「我は源氏、狹衣、土佐日記等、俳諧文と思へり」と云つた自信にみちたことばは、道を貫く大自信と道への熱禱に發する言葉で、宗因の場合はともかくとして、さういふものをめざすことばかりを教誨した筈の貞徳には、それ故に却つて云ひ得ぬ思想である。これらの語については、どれほどに確認されるものか不明だが、芭蕉の詩業をみると、少くともこれ位のことの云ひ得る人だから、彼の語錄としてよいものである。

この「俳諧は萬葉集の心なり」といふことばは、彼が俳諧を日本文藝の一つとなし上げたところの精神の現れであつて、この思想の自覺と實行によつて、芭蕉はわが民族の精神として、どんなに莊嚴に祭られてもふさはしいのである。こゝに於ては、詩人として無雙の蕪村の、あれほどの天才の盛業さへ、なほものの數ではない。この大功のみは、どんな以後の天才の功績を以てしても比較し難いものであつた。この芭蕉による道の貫道によつて、俳諧の兩體が芭蕉以後は勿論以前さへ、日本文學の一脈として決定されたのである。蕪村や子規も、この歷史の確立があつたゆゑにこそ、その上に安心して悠々或ひは烈々とした創作と言論をなし得たわけである。

しかし芭蕉が談林追蹤の狀態から脫したのは、さう早い頃ではなかつたと思へる。芭蕉が一心に談林を追ひつゝ、その低調な模倣の中で、多少のひらめきを記錄してゐた時代が、丁度「仕官懸命の地」をうらやみと誌した年頃でなからうか。さういふ形で處生の不安を考へてゐた頃は延寶四、五年ごろであらう。

なほこの本文とは關係ないが、興味の多い事實だから一寸書きつけたいが、この當時、即ち江戶時代の初めから芭蕉の仲間だつた山口素堂は、もとは甲府代官の下役だつたが、それを捐て風雅の道に入つた人で、しかもこの人は芭蕉の歿した翌年の元祿八年に、久しぶりに甲府の代官を訪れたが、こゝで舊知の代官に依賴されて、笛吹川の改修に從事した。そして坊主頭ながら、太刀を帶びて、二千間の土堤を築く大工事を完成した。これは偉業であつた。この後再びもとの素堂にかへつて風雅の人となつたが、芭蕉が水道工事に從つたことを誌したついでに一寸ふれたいと思つた。この素堂は七十五まで生存し、土民はその德を慕つて、生前に祠をたて、祀つた由である。この素堂の生涯はなか〳〵に趣きがあつて、人柄にも一偉才といふ感が深い。

かうしてゐる間に、延寶六年から七年に入ると、芭蕉の俳壇での活躍は盛んとなり、いつか芭蕉は宗匠になつてゐた。このころに萬句を興行した由が見えるので、宗匠になつたのも、その延寶六、七年の間で、萬句興行はその披露として行つたものであらう。言水や才麿とも此時分に交通してゐるが、これらの新風の奇才は大いに芭蕉に及ぼすところがあつたと思へる。さうして延寶八年に刊行した「桃靑門弟獨吟二十歌仙」をみると、杉風、卜尺、嵐蘭、嵐亭（嵐雪）、螺舍（其角）等の名が見え、嵐雪や其角の如き有爲の門人を擁したことは、蕉風樹立の有力な根柢となつた觀がある。

この「獨吟二十歌仙」は、後世「芭蕉翁の花」と唱へたものだが、江戸俳壇に於ける芭蕉の名聲を高めたもので、從つて撰集にはかなりの年月の勞をこらした如く思はれる。さうして

桃靑の園には一流ふかし

と嵐蘭が、獨吟の揚句で誇つてゐるのも意氣があつてよい。このうちの其角の獨吟は十七歳の時の作だというてゐるが、其角の十七歳は延寶五年に當る。ともかくもすでに芭蕉は、延寶八年には二十人の力ある門下を擁したわけであつた。

それについて、さきに水道工事に従つた理由を考へると、二世の卜尺の云うたやうに「しばしが程のたつきを」求めるためといふのが事實らしく思はれ、その間に片方で宗匠たるの地位を作つてゐたものであらう。「風俗文選」に、「修㆓武小石川之水道㆒、四年成、速捨㆑功而入㆓深川芭蕉庵㆒出家、年三十七」とあるのが、功を棄てることにはさほどの未練もなかつたと思はれる。

芭蕉自身は「こゝのとせの春秋、市中に住侘て、居を深川のほとりに移す。長安は古來名利の地、空手にして金なきものは、行路難しと云けむ人のかしこく覺え侍るは、この身のとぼしき故にや」（「柴の戸」）と誌して、延寶八年冬、三十七歳で、深川の草庵へ入つたのである。

道と俳諧

天和元年六月（延寶九年は九月二十九日天和と改元される）言水の上梓した「東日記」は、俳諧の變遷を考へる上でも大切なものとされ、その風體も蕉風の第一歩と考へられてゐる。その中へ芭蕉の句は桃青の名で、十五句入集してゐる。

枯枝に烏のとまりたるや秋の暮

いづく時雨傘を手にさげて歸る僧

これが大體に蕉風の先驅と云はれて、後世でもこの「枯枝に」の吟を、蕉風開發の第一聲としてゐるが、この句の中七は「烏とまりたりや」ともあり、元祿二年の「曠野」の中で「烏のとまりけり」と改めた。この改訂によつて、談林時代と元祿蕉風のけぢめが味へる。この「烏のとまりたるや」の云廻しは、談林の臭味をもつてゐるが、それは俳諧だから強さうに云はうとする位の氣分である。談林が貞門に對抗して、まづ肩をはつて登場した感じは、小兒じみてゐるが、なか〳〵愛すべきところがあつて、寒鴉枯木の閑寂境を寫すのに「とまりたるや」といふやうな強い口上に、やはり舊來のをかしさや滑稽といふものがあつて、「鳥のとまりたるや」の句ではさういふ淺い滑稽に止つて了つた。談林の面目は、滑稽と共に、當時の男伊達風俗に通じるものがある。宗因の句調にも、時代から聯想すると町奴めいた勇ましさがあつた。さういふもののもつをかしさが、寒鴉枯木の圖を、「鳥のとまりたるや」と云ふ時に出る。

だからこれを元祿二年になつて、「鳥のとまりけり」と改作したことは、眼の前の風景の枯木の上へ、飛んでくる鳥のとまるところをとらへたわけだが、思想上の變化が考へられる。しかしこの句を中心にして、俳諧を考へた時、この改訂でも何か心殘りだつたのではないかと私は想像する。これで勿論獨得な詩境は出るが、それでは俳諧として保つてきた俳諧が、稀薄になつて了ふといふことに、懸念がないわけでない。やはり改作といふことは、いつも氣がかりなことである。

古人は律氣だから、折角傳つてきたもののことを必ず考へるから、俳諧の卑俗や滑稽を一掃するといふことのみを、今の人の考へるほどに大功の第一としなかつたにちがひない。詩心を生かすと共に、俳諧も生かさねばならぬ、俗に住して俗を去るといふわけで、さういふところから、俳諧が幾ら世に出て、幾ら殘つてゐるか、などといふ芭蕉の語錄は、蕉風が彼の考へる俳諧から離れてゐた度合を云ふものであらう。これは、源氏物語も俳諧文だと云うた意見と矛盾しないのである。このことは、「新興俳句」といふやうな言葉で、俳句以外のものを考へ、俳境を少しも考へず、さういふ考へ方から俳句の將來を作らうとするやうな人々には理解されぬと思ふ。

道といふ道だけを抽象的に云うて了ふなら、俳諧でなくともよい。しかし芭蕉が俳諧の心は萬葉集の心だと云うたことは、俳諧といふ形にのり直すといふ點に肝心があつた。抽象の道などないと考へたからである。道といふものは、形でないが、形として現れるといふことは、俳諧の歴史にかへりみて、かの風雅といふもののために心をこらし、あるひは腸を斷ち、つひには旅に死んだ人々の氣持を思つた時、そこにそゝがれた先人の念願と、代々の人々の血脈がまづ心をうつ。さういふ心持から、芭蕉は俳諧を考へてゐたのである。蕉風が風靡した後、即ち「猿蓑《さるみの》」以後に出てくる、輕みといつた芭蕉の最後期の思想にしても、すでにこの元祿二年のころにもあつたものだらうが、私はかういふ點で、さういふ考へ方こそ、道の見方と、そのなつかしい心持に根柢があると考へてゐる。

道を抽象として云ふだけでは、日本の道の思想ではない。道がどう現れるかといふことを深く思ひこらすのが、日本人のみちの考へ方である。だから俳諧を考へる時、芭蕉は道を高所におき、抽象觀念からこれを斷定する代りに、まづ歴史にのりなほさうとした。別のことばで申せば、この歴史を云ひかへるといふことは、たゞ先人を祭ることによつて行はれる。あらぬ方へ行つたものをひきもどしつゝ、俳諧といふものを、歴史と傳統の中に定めることは、先人を祭ることと同じこととなる。

しかし蕉風が確立し、芭蕉の詩魂が伸長するに從つて、一面では俳諧と離れてゆく感もしたのである。一般國際的文藝鑑賞家なら、さういふ乖離は何の意にも關せぬだらうし、むしろ乖離を喜ぶかもしれぬ。しかし芭蕉が我國の大詩人芭蕉として出現したことは、この乖離に心を凝らしたところに原因がある。我々は民族の詩人の重大な苦心に當つては、勝手な鑑賞家を許さぬのである。

もつと具體的に云ふと、宗祇、守武、宗鑑、貞德、宗因といつた巨星、及びそれを縫ふ群星に對して、芭蕉は誰がしたより明確な批判をしてゐた。しかしさういふことと別に、芭蕉は己の俳諧を考へ、風雅の道を思ふにつけて、一層大切な先人の祭り方の中に、わが朝の文藝のいのちのあり方を考へた。道をいのちとする者のあり方を考へたのである。この心持は、今日の歐風の讀書人に理解されるだらうか。芭蕉はさういふことの思想については、一言も云うてゐないのである。これは芭蕉を克明に讀んで自得し、わが道とわがいのちの念々から考へねばならぬことである。

「新興俳句」の主張の方が今日の實狀にふさはしいのだ、といふやうな考へ方をする人にはわかることとのない先人の思想である。しかしこの問題を、芭蕉は自身で決定したと云はず、俳諧三合ほどは世に出たが、殘り七分は殘つてゐる、と遺言したのである。こゝで世に出たといふのは、明らかに蕉風に現れたものを指したと考へるべく、その以前は三合の中の三分も世に出てゐなかつた。これは芭蕉の「俳諧に古人なし」の語が現してゐる。しかし道が俳諧として現れるといふ念頭は、つねに過去の人々の場合として見てゐたのである。この念願の持續の中で、道の現れとしての俳諧を考へると、過去の俳諧の形や世界を脈々と貫くものが明らかとなる。これは蕉風の一時代の高雅閑寂とは多少相容れ難い點もあつた。僅かに俗語にたよつて、俳諧性を殘すといふだけでは、外相はと、のつても、道の志にかなひ難い。これを滑稽の問題にみても、芭蕉は滑稽についての獨自の美學を立てねばならなかつたのである。何かの名目で放棄すれば、それは貞徳流の駄洒落となる。貞徳も道を考へて、俳諧は道への入口でしかないといふ論に入つて了つた。これは芭蕉の贊成し難いところで、この心境から、宗因が男伊達めいた風貌で、俳諧の最も俗な面をひた押しに押し出したことを、そんな性狀とはそり合ひ難いにもかゝはらず、一時は心からむかへたのである。俳諧といふ俳諧の生命を守らねばならぬ。先人が俳諧といふものを念じた願望を、形の上でも祭らねばならぬ、初めはさういふことも芭蕉は考へたのである。

俳諧といふものの歴史と成りたちを考へなくとも、こゝで云ふこの俳諧は、今の人にとつては、芭蕉の詩境と比べたなら、どうでもよいと思ふやうなものである。しかし芭蕉は、それをどうでもよいと考へる人でなく、その點に執した人だつたといふことが、あの最高の詩境を描き得たのである。宗因ならば本道《もとみち》をなくする、貞徳では俳諧の存在をなくする。芭蕉が宗因を俳諧中興の祖と云ひつゝ、蕉風樹立をめざした原因の大いなるものはこゝにあつた。

しかしこのことから、貞門と談林の止揚として蕉門を考へることは、まことにとりかへしのつかぬ辯證法となる。わが道といひ、歴史といふものは、さういふ辯證法で理解できるものでなかつた。その程度の辯證法なら、すでに貞徳の行つたところで、これは芭蕉が十分知つてゐたし、さらにその貞徳の一心の誠實さが、俳諧を生かさうとして殺した事實の方をも、最も深く知つてゐたのである。蕉風出現を、かりにも辯證法として說かうとする者があるならばと思つて、豫め警めておくのである。

さうしてこのことは、芭蕉のあの慟哭の俳句を見れば、十分に明らかなことである。辯證法が、これを解決するものなら、芭蕉は第二の貞德となり、新しい法式作法の製作家に終り、「七合」の歎きも、その慟哭の作も、彼の作つた深奥の文藝も、決して生れなかつたのである。彼は貞德、宗因の殺したものを産みなほすために、己をあくまで責め、終に旅の宿に、枯野を夢みつゝ歿したのである。

私はこゝで芭蕉の苦しみを、心持に立ち入つて描いたのであるが、これは決して、近代小說的觀點で、芭蕉を描いたのではないといふことを讀者は諒解するであらうと思ふ。それとともに漱石門下の近代教養派の文人哲學者たちがしてきたやうな、舊來の文藝學によつて芭蕉の到着點だけを鑑賞してよろこぶ態度が、どういふ意味で淺薄であるかといふ點についても、多少理解したことであらう。

芭蕉のこの執着の心持は、自身の若年時代の辯解にあつたのでもない。たどりついた價値によつて、自作を修正し、改作し得るが、しかしそのたどりつくといふ點が、無限に遠いものに思はれてゐたのである。如何に俳諧のいのちを生かすかといふ芭蕉の祈念のこの一點を思ふと、野ざらしの旅の以前の芭蕉をすて、顧みないといふやうな、輕薄で薄情な、無國籍の旅行者めいた近代の教養的文明開化派を、私は憤しく思ふのである。私は詩人であるから、過去の先祖にも、未來の子孫にも、同じ血につながる愛情を感じることは申すまでもない。

かうして芭蕉が、「烏のとまりたるや」と寒鴉枯木に題した頃に感じてゐたものは、少量のわやくが舊來のまゝ出てゐて、詩心も筋がとほつたが、すでにこの句に疑ひをもち、中七を「烏のとまりけり」と改めた時には、一歩深く、輕々に處理できない問題に當面したのである。これが眞の俳諧だと何かを指さねばならなかつたからである。「烏のとまりたるや」なら、全く談林調で舊來俳諧臭が濃いが、たしかに低い。けだし蕉風開發の第一聲は、芭蕉の呻吟の第一聲と云ふべきである。

くりかへし云ふが、さういふ俳諧などといふたわいないものや、えたいもしれぬ代々の念願などといふものは、今日のやうな、わけてもたゞならぬ日に放棄する方がよいではないか、などと云ふ者は多分あるであらう。我々はさういふ人々がわが國の文化を消滅せしめ、轉じては「新興俳句」などと云ひ、又「自由律」などといふ語を口にする者らであるといふことをまづ考へておきたい。さういふ者の思想は、眼に見えないところで、どんな國際思想に結ばれてゐるかといふことを、思想の問題として戒心したいのである。

しかしさういふ戒心と共に、我國の文運は、大きい道のあるまに〳〵、必ず芭蕉のやうに考へ、子規のやうに努める詩人を、民族の正氣の發露として、又神の思召として生み出すものであるといふことに、一面で大安心をもつべきである。

かうして芭蕉庵へ入つた桃青の第一聲を見ると、後に思ひ當ることがある。こゝで舊來の俳諧感をさつとすてて了うて、新詩境を蕉風の名で行ふほどなら、「一度は佛籬祖室の扉に入らむとせしも」つひにそれもなさなかつたといふやうな、思ひの深い辯は出ぬわけでである。風雅の道の一筋に生きて、俳諧のいのちにあくまでつながるといふことは、談林調の意氣のよい高聲では出來ないことだし、勿論芭蕉のそれは抽象の文飾ではなかつたのである。

市井繁華の中にあつて、その狀態を土臺として、閑寂のわびさびの道を行ふことが、西行、宗祇とへてきた傳統精神を俳諧に生かすことである。この人間の今の現實のくらしに對する深い思ひが、俳諧を念々とした芭蕉の心底にあつた。これは態度としては西鶴に似てゐるやうであるが、道が俳諧に現れるといふ一點は、市民的生活の追蹤者だつた談林の英雄には、志として考へられぬことであつた。西鶴は文學といふ觀念では、深く考へたかもしれぬが、芭蕉のやうに道の志に於ては、何ら思ふところのなかつた人である。だから西鶴の深さが、もし他の思想や生活の深さと共通するところがあれば、それは世俗觀生活觀の達眼に於てであつて、芭蕉の場合の道の考や生命觀の深さと同じではない。さうしてこのへだたりは殆ど無限であつた。

市民生活に對する愛情に於て、談林より芭蕉の方が、實は深いものであつたといふ點から、我々はこゝに現れる詩人の誠實について深く考へねばならない。風雅の道といひ、わびさびの志といふものについて、談林の英雄は了知するところがなかつたのである。市民生活に同情し、それをいたはりつゝも、追蹤はせぬといふことが、芭蕉の契點となり、しかもそれによつて、市井隱者の俳諧道が風雅の道にほゞ貫道された。己の個性や時代の趣向ないし流行を中心にするか、さなくして貫道するといふことを旨としてゆくか、といふ區別は、追蹤煽動してゆくか、救ひ出し生れかへさせるかといふ差別である。たゞ時代と人心に深い同情と大なる思ひやりがなければ、後者の道は成立せぬものである。思ひやりの深さの差は、詩人の誠實の點にかゝり、これを別にして文藝の健康さやたくましさを云うても無意味だ。

さういふ觀點といふものは、今日の場合にあてはめると、人倫を無視した生活能力のたくましさを抽象して感心するやうなものは、これは漫才風の冗談としてはともかく、いやしくも志のある者が口にすべきことでない。文藝の場合にも、今も昔もかういふ例がさかんにある。我々は文藝の上で、羞恥心をなくした商人流の圖々しさを、いさゝかでも許してはならぬ。但しこの意味は西鶴のことを云うてゐるのではない。西鶴が抽象的な文藝を守つた才能は、近代の作家で匹敵する者がない。西鶴は自然主義作家流の云うた「西鶴」ではないし、今日の通俗的な小説家などとは同日に論じ難い高い地位にゐたが、我々は第一義の問題に於て西鶴のゆき方をとらないのである。

かうして、貞徳の罠に陷つて俳諧を歌連歌の入口とすることも、談林に從つて俳諧を單なる勃興期市民階級の生活的娯樂品として了ふことも、いづれも芭蕉には出來なかつた。さうしてさういふ場合、わが道と大いなるいのちをかうした形で考へ、決意したものの思ひ知るところは、必ず復古の大道である。

この復古の本義は、大本に於ては國に傳はる神代ながらの萬古の道、下なるわが身邊に於ては、文藝の道、俳諧の道を一貫する風雅の道としてみることである。古のある一時期の形へかへり、それを時代に合せて多少修正しようとする如き態度は、復古でなく、己の考への中の人爲人工思想を、古のものによつて修飾するにすぎない。わが國の復古とは、萬古一貫の道へ、わが奉行心を重々しく下すことである。そのみちによつていきてゐるおふけない大事實を感得することである。

芭蕉が宗祇に見た復古の考へ方も、これであつた。宗祇の時代へかへり、その當時の文龜時代の詩風を復活するのみなら、宗因がしたやうに、世間の人氣流行にだけたよる文藝の仕事であり、多少世間の人氣はこの種の復古傾向を求めてゐても、それだけのことなら、大丈夫の志を委ぬべきものではない。芭蕉の「不易流行」の思想は、かういふことを否定した考へ方である。これは詩人としての志から否定したのであつて、詩の歴史を究めて知るといふやうな手續を必要とせぬほど明らかなことである。流行にだけ奉仕して賣文するといふなら、武家體制の生活常識に反して、風雅の道を云ふ必要がない。「仕官懸命の地」と芭蕉はこの事情を云うてゐる。

この「不易流行」の考へ方から芭蕉は、決して宗祇守武の詩品に絶對的なものがあると思つてはゐなかつた。この復古の考へ方を見間違ふと、宗因は俳諧中興の祖だと云うた芭蕉の心持について殆ど理解し得ないだらう。談林が行詰ることは、これは流行の上にのみ立脚したから、當然のことで、作者の内部が行詰つたのでない。流行に立脚した文學は、必ず倦かれるし、さうして倦かれると作者も殆ど氣力を失ふ。正風が勃興したあとで、多少反撥的に何かを描いてみても、勃興期の處女作よりもよいものが出來る筈がない。

これは今日のありさまをみてもわかることだ。今日の狀態では、異國模倣といふことが、文藝上の流行の根柢だと云ふなら、延寶の句風にも漢詩調と共に和蘭好みの異國調さへあつたのである。たゞ鎖國時代だから、今日ほど文運の交通がなかつたが、かりにあつたとしても、當時はまだどこの國でも、これといふ文學論は勿論、文藝さへ殆どもつてゐなかつた狀態であつた。海內文壇も大體舊來の學說を守つてゐたが、守ることと生きることは別に考へてゐた。

たゞ今日の文藝の狀態を、不易流行の考へ方からみたとき、今の文藝の流行狀態には、何かの威權に誘導されてゐる面が多く、これに反撥する舊來の自然主義系文藝が、細々と反抗的な感じを表現しようとしてゐる感もあるが、もうさういふところから、どんな評價で傑作と云はれる作品も生れないのである。何となれば、さういふ舊來の文藝の立脚した思想は、一時の流行思想にすぎなかつた。こゝ二十年間の世界文化情勢を見てもわかることだが、その間に世界情勢が、どれだけ夥しい文學を、石ころのやうに蹴落して進んできたかは一寸考へてもをかしい位である。

しかし威權に誘導された今の文藝も、不易の道にゐるものでなく、流行界のものにすぎないといふことを、我々は憂ひてきたのである。我々は今こそ明確に絕對の思想をもつことが、文學を生かせる唯一つの道だといふことを了知してゐる。彼の流行の說は、今日ならば便乘などと云はれるが、生活の流行とさして變化のない考へ方の上にある。今日では市民生活が流行を生み出したり娛樂を生み出すだけの餘裕を失つてゐるといふことを、むしろこの場合は所謂指導者達に深く考へて欲しいのである。

大體に都會生活が、娯樂といふものをもつに到つたのは決して古いことではない。その娯樂に該當するものは、本來は祭りとその藝能だつたが、この祭りの藝能の興行から、興行といふことばが、娯樂商賣の呼び名となつた時代はまだ新しい。近代小説の發生は、この興行の國際化に附隨したものであつた。さうして次第に近代の小説家は、國際興行師の引札用の文藝學に奉仕する作家活動をするやうになつてきたのである。この意味はいろいろの面にあらはれるが、近代のわが國の對外的な文化宣傳は、たとへば芭蕉なり萬葉集なりを、如何にして海外夷人族に知らせるかといふことを考へた場合、必ず國際文藝學の語彙と概念によつてこれを説明し、わが帝國大學の教授たちは、かういふ思想によつて、萬葉集を世界文化の現代情勢の水平面に限定し、その生命を殺す仕事に當つてゐたのである。わが都會が祭りの藝能を引離して、それを都會らしい常設の娯樂とした初期は、大體芭蕉の時代だつたと思はれる。さういふ時代に、文藝の方では俳諧が發生上第一番に、さういふ生々しい問題に當面した。このことが、俳諧を近世文學史上の雄たらしめ、芭蕉の如き人物を生み出した一因である。こゝで一言に云へば、芭蕉の態度は絶對保守派だつたのである。道を守る人だつたのである。

祭事の興行と市民生活の娯樂との中間に、俳諧の占めたむづかしい場所があつた。芭蕉が、歌と、川柳狂歌などといふ雜俳系文學との中間を、さつと過ぎたと云うたことは、大體かういふ情況の中にゐたからである。芭蕉は自身の描いた文藝の背後では、最も重大な問題に臨み、つよく決心し、きつく志してゐたのである。それは流行的なものとしての技巧のみから生れた文藝でなかつたのである。

つまり興行師の資本、及びそれを支へる都會生活といふものは、村の生活と異り人間の力を抽象的に現す手形が基礎となつてゐる。さういふ傳統のない都會の生活に對し、かういふものに安心してゆくといふ文人の態度は、芭蕉以前になかつたことである。以前に貞徳が俳諧を歌連歌の入口だといつて教へたところは、それだけの社會的な及び思想的な理由があつた。ところが、俳諧を娯樂としてひろめ得る狀態になつて、談林の宗因、西鶴等が出た。芭蕉はこの人々の出現を大いに喜んだけれど、この時芭蕉が彼らの意圖や條件と別のところで喜んだといふことは、やはり芭蕉は若年にとりついた貞門俳諧といふものを一心に考へてゐたからであらう。芭蕉が宗因をほめたことは、かういふわけで自身の志の理由からである。俳諧は歌連歌の入口でもないが、それ以上に市民生活の娯樂物となつてはならぬ。芭蕉も市民的都會生活を盛んに描いてゐるし、さういふことにも通じてゐたが、西鶴と異るところは、新しい都會生活の原理として、新しい觀念論や唯物論を求めず、根柢の傳統を自身行つたのである。

芭蕉が道と俳諧を考へつゝ、苦しんだ理由の大本はかういふところにもあつた。さうして深川の芭蕉庵に入つたころから、この點について思ひを凝すことが多かつた。

侘びて住め月侘齋が奈良茶歌

かういふ句が天和元年の作として「武藏曲《むさしぶり》」に出る。この月侘齋といふのは、固有名詞でなく月に侘びて住む人を茶人めかして呼んだもので、奈良茶歌といふのは、酒宴の歌でないといふ意味で、奈良茶漬をすゝりつゝ歌ふ歌といふやうな意味であらう。この作は芭蕉の人がらを思ふ上でも、興味つきないもので、わびしい歌だがその中に根性のつよさを十分に示してゐる。

しかし見られるとほりこゝには、俳諧の滑稽を十分にふくめてゐるが、何かその底に、つよさも感じられ、さらに哀切腸にひゞくやうなあはれが感じられる。これは芭蕉の俳諧を考へる上で、又その人がらと共に詩の心を知る上でも、最もふさはしい一つの作でないかと思ふ。

櫓の聲波を打つて腸氷る夜や涙

これはやはり同年の作と考へられるが、この方は談林ぶりが濃厚に句格に出てゐる。しかしその拮屈の句風が、却つてよく斷腸の思ひを描いてゐる。何の涙か、漠々たる生命の哀觀である。さうしてかう云ふ腸を斷つやうな沈痛さといふものは、西行には見ぬところであつた。芭蕉の心の糸は非常に昂ぶつてゐたのである。さうして二つの句の示す沈痛に於て、後者の明白な表現よりも、前者の俳諧の表情が一そう悲しみを思はせる。櫓の聲の句は云ふまでもなく、深川の庵の風物である。この天和元年は芭蕉三十八歳であつて、この作は晩年の芭蕉の世界につながるものである。

天和二年になると、この年から初めて芭蕉と名のつた。さきにあげた二つの句の出た「武藏曲」はこの年三月の上梓で、これに芭蕉と署名してゐる。この年の句に、

朝顔に我は飯食ふ男かな

これは「虚栗《みなしぐり》」に出た。この「虚栗」は翌天和三年に上梓された。其角の撰になる蕉門最初の撰集で、芭蕉は「芭蕉洞桃青鼓舞書」と署して、跋文を草してゐる。

この朝顔の句には、「角の蓼螢の句に和す」と序があつて、其角作の「草の戸に我は蓼食ふ螢かな」といふ奇を衒つた句に對し、芭蕉が、自分はそんな變つたまねなど出來ない、朝は人竝に早く起きて、朝顔の花を眺めながら、朝飯を食つてゐるやうな男だといふ意味である。朝顔の咲く數を毎日喜んでゐるのが趣味だといふのは、最も律氣な人がらと暮し方を云ふわけである。其角の句より趣きのあることは、認める人が多いと思ふ。しかし芭蕉は別の場所では、朝寝といふのも風流の一つだと、門人の朝寝をほめた句も作つてゐる。

この同じ年に

貧山の釜霜に啼く聲寒し

これも「虚栗」に出てゐる。これは貧寒な寺の廚で鳴つてゐる釜を歌つたものだが、「貧山の釜」といふのは、漢籍の方の「豐山の鐘」と語呂を合せて、その智的な洒落によつて、一應俳諧味を出し、霜夜になる鐘といふ漢詩境を、廚に鳴る釜と云うて、又滑稽にしてゐるが、內實は鬼氣迫るものが感じられる。後年の慟哭の作と同じだが、こゝでは豐富な俳諧が用意されてゐる。この「豐山の鐘」といふのは、「豐山の上に鐘あり。人の至る可からざる所。霜既に降れば則ち鏗然と鳴る。蓋し氣の盛也」といふ語が、韓昌黎の「上賈滑州書」に出てゐると、「芭蕉句選年考」で考證してゐる。又、「山海經」にも「豐山の鐘霜降れば鳴る」とある由である。この豐山と貧山、鐘と釜、この對蹠が俳諧の味である。しかし人の到り得ぬ山頂の鐘が霜の降りる第一夜に鏗然と鳴るといふことは、恐らく芭蕉の當時の心持を感銘させたものであらう。さうしてその漢籍の浪曼的な物語の上に立つて、この句をなしたとき、芭蕉は俳諧といふ形によつて、もう先人未踏の深い境地と複雜な心持を云ふすべを發見したのである。

このやうに「俳諧」によつて、複雜な心持がずゐ分深く云へるといふ事實を、私はよく考へたかつたのである。しかもその方法や着目や、技法はやはりみな俳諧である。これを先人の功績としてみると、一等宗因におうてゐると云はねばならない。しかしこゝに現はされた心境、世界、志といふものは、宗因は勿論、先人誰も知らなかつたのである。この事實に驚くと共に、先人に感謝するのは當然である。道として貫道するものは、一つであつて、それによつて俳諧の技法もすてる必要はない。それを棄てねばならぬといふのは、わが文學の道を眞に悟らぬ者の考へ方だと考へられた。

この天和三年の「虛栗」に現れたものは、芭蕉の三十九歳ないし四十歳にかけての作だが、この俳諧的なものの內熟は興味深い。勿論後年には、俳諧として傑れた作が多數ある。それらはこの味をもつと自然に輕い形で出さうとしたものである。それらは「野ざらし紀行」以後の作の中には多い。しかし「野ざらし紀行」の俳句には、俳諧といふものから自然に離れてゐるものも多い。その理由は、さきに野ざらしの旅の與へた影響として、大なるいのちの生々しい甦りといふ意味で說いた。その時はこの點については餘り云はなかつたが、野ざらしの旅の感動が俳諧めいたものを、一應うすめるやうな結果となつたのであらう。

これは芭蕉の場合最も大きい内部の自覺だつた。こゝから彼の俳諧觀は强化され、天和初年の艶厚で複雜な俳諧性は、次第に大きく深く轉回して、つひにはおのづから輕く、樂々と、あたりまへの形で俳諧を出さうと考へる方へ向つたわけであつた。この輕く出し、おのづからに出さうといふ晩年の考へは、文學の思想として大へんなところにまで到つてゐたのである。

そこでずつと後年の例を二三あげてみる。

ごを焚いて手拭あぶる寒さ哉

ひや〱と壁をふまへて晝寢哉

秋近き心の寄るや四疊半

こんな例はいくらもあるから、三つ位に止めるが、「ごを焚いて」といふのは、「笈日記」に出て、貞享四年の作、芭蕉四十四歳である。ごといふのは、松葉の方言とも柴の方言ともいふが、ともかくわびしい田舍宿の感じである。自身で濡れた手拭をあぶつてゐる。到着した時のさまか、出發のさまか、いづれにしても趣味が多い。「ひや〱と」の作は元祿七年五十一歳の作だつた。この句が出來た時、芭蕉は支考に向つて、「この句がわかるかね」と云つた。それで支考が「是もたゞ殘暑とこそ承り候へ、かならず蚊屋の釣手など手にからまきながら、思ふべきことをおもひ居ける人ならん」と答へると、芭蕉は「此の謎は支る。句がらも眼目も、すべて生き生きとしてゐるのである。中七は「秋近き心の」とよむとよい。芭蕉、木節、惟然、支考らが大津木節庵に集つた時で、口にはせぬが皆が心中で秋の近づいた寂しさを味つてゐる。それは外界のことのみでなく、芭蕉自身の境涯も、人生の秋を味ふ感だつた。さういふ心々が四疊半に集つてきてゐると吟じたのである。懸命にものを思つて生きてきたことを思ふと、泪の出るほどになつかしくわびしい句である。しかしこれも句がらにはそんなそぶりもない。「秋近き心」といふのも俳諧らしい云ひ方だし、それを四疊半に寄せたのも、俳諧の味ひである。上方では四疊半については、やさしい色つぽい傳承もあれば、鬼氣のたゞよふ怪談もある。四疊半の四隅に一人づゝ居て、燈を消すと、中央に何ものかが來て坐るといふやうな話もあつた。

俳諧の味とか、俳諧らしいものだといふことを云ふほどに、實は私には俳諧を語る資格がないのである。大體が初めて云ふことだから、もう少していねいに說明と實例を云はねばならぬ筈であつた。ひとり合點で、俳諧々々と云うてゐるといふ感じがする。しかし私がさういふことをわきまへつゝ、まづ俳諧のことを云はうとしたのは、本當の少しの例外を除いて、芭蕉のことを云ふ人で、俳諧といふことを云はないまでも考へてゐる人が少いと思ふからである。さうして芭蕉のよい發句だと今の人がほめる場合には、大體歌の感じでそれをしてゐることや、近代詩の見方でしてゐるのが多い。俳句はずゐ分流行してゐるのに、變な現象である。

さうして今日俳句といふものを作つてゐる人の俳句といふ作品を見たり、さういふ作者の芭蕉についての議論をよむと、我々でも何か俳諧といふことについて一言云うてよいやうに思ふ。今日の俳句が、元祿のものと異り、天明のものとも、又延寶のものとも別のものであるといふことは、幾らでも云へよう。昔の俳諧と無關係に今日俳句と云うてゐるものは、それが何でもよい、今日俳句と云うて通つてゐるとよいのだといふ議論は、勿論よく通る議論だし、それについては今別に云はうとせぬ。しかし芭蕉を云ふ上では、芭蕉が俳諧といふものを、歴史として一等深く考へた人であり、俳諧を歴史から考へた人だといふことを別にしては困るのである。さういふ事實を傍へやつて了ふと、芭蕉のあのはげしい晩年の作の生れたわけもわからないこととなる。

今日俳句を作る人の芭蕉についての議論の中に、俳諧といふ考へ方があまり出ぬことを、私は殘念に思つてゐる。私の議論はいくらでもあげ足のとれる議論だから、今日の俳句を作る人が、さういふ點で叱正してくれるのも望ましい。さうして、一般にかういふ根本問題を、方今の時勢で問題にすべきであるかないかといふ點にも自ら反省してもらひたい。西洋美學や西洋文藝學で芭蕉の藝術的諸相を云ふことや、さういふ云ひ方であげ足をとられても、こゝに云ふ私の貧しい俳諧知識さへ、もうびくともせぬといふことは豫め申しておく。これはありがたい事實である。さうして一般論で、俳諧の本質を今日問題にすることが、どれだけ必要であるか否かといふことについては、私はもつと大きい信念をもつてゐる。

今ではもう俳諧などいふ世界の興味は誰も感じないし、特に學ぶ必要もないといふ類の見解は、現状を見るとかなり多い。かういふ議論は俳諧を考へないでも、主張出來ることである。それが私に侘しいのである。この俳諧といふのは、形の上のことのみでない、味として見方としての俳諧のことで、さういふ世界を俳句の中にみることを私は云うてゐるのである。故人の句に俳諧の面白さをよむ代りに、近代詩の見方で、智的興味だけを讀むといふのでは、さういふ考へ方が何を源とし、どういふ結果にゆくかはよくわかつてゐる。私はこれを憂へるのである。

芭蕉は一寸したことを、上手に云ひすまさうとしたのではない。苦心したものを、輕くみせようとしたのである。しかし今日では俳諧を理解するだけの素養が我々になくなつたのである。今では我々の鄕里の生活が、なほ多少のよりどころとなつて、古い時代の生活を理解できるが、そのころの文人の社會生活を復原することは非常に困難である。これが、俳諧を失つた原因の一つだと思ふ。俳諧など不用の文學だときめてかゝるやうな議論には困るものもある。さういふのは大たい考へてゐない人の議論である。少くとも我々は日本の精神の歴史の上で芭蕉を無視できない。その場合、俳諧を離れて芭蕉を理解する方法はないのである。ところが今日では近代詩の最初の一行として俳句を解釋し、さういふつもりで俳句を作つてゐる人が多い。明治文明開化の結果は、やはり新體詩が最後に勝つたやうである。これもその證據の一つだと思ふ、俳諧がなくなつたといふことは確かにさうだ。さうして芭蕉の理解などどれほどにもなつてゐない。

系譜とか歷史を云ふ立場には、最も正統的な俳諧の理解がなければ困るのである。文藝學ではあの筋を見たが、我々はこちらの道をみるといふやうなことでは、說の根據とならない。こゝで近年の芭蕉硏究を顧みると、潁原氏が、近世文學についての重厚精密な註釋事業の必要を力說されたことがある。當時私は「句選年考」と「七部婆心錄」をよんでゐて、この潁原氏の眞義をやゝ悟り得た。我々が日本文藝の筋道を、近世より近代に亙る間に失つたのは、たゞ教養知識の缺如といふ原因からである。

萬葉集のやうな明確な古典でさへ、「萬葉集古義」のやうな註釋によらねば、その眞精神が解し難いのである。これは特殊な人は別として、近代人ならさうである。近世文學に詳細な註釋がないといふことより、その註釋といふことについての思想的認識がなかつたことが、日本文學の近代の歷史が、異國思想に無慙に蹂躙された原因だと私は痛感した。芭蕉を異國の藝術學によつて、一寸上手に云ふといふやうなことばかりが、所もあらうに帝國大學などでも行はれてゐたのである。さういふ學問は、海外宣傳用にもならぬ。尤も人間の生存が歷史と無關係な國なら、こゝに云ふ「註釋」は必要ない。しかし我々はさういふ國の流浪民のための文學を云うてゐるのでなく、萬古不易の國民のもつべき文學の思想を云うてゐるのである。我々が他國人に較べて、何倍か餘分の學問をせねばならぬのは當然のことだし、そこに誇りがあるわけである。

この近世文學の註釋事業が進まず、一般に「註釋」といふことが、思想的意味の重大さで認識されなかつたことが、近世より近代にかけてのわが文學の歷史を文明開化によつて中断した原因だといふことを、我々は悟らねばならない。しかし註釋事業が皆無であつたわけではない。一派の教養派が、これらを否定したのである。彼らは「句選年考」は未熟だと云ひ、「七部婆心録」は惡書だと云うた。さういふ批評は何に對してもなし得ることで、我々は結論のみをきくまへに、それを云ふ人の思想の眞僞を判斷したい。

さらにこれを考へると、子規が、和歌や俳句を確立して、外國の鐵砲や大砲で攻めてこようとも、びくともせぬものにせねばならぬと云うた眞意が明らかとなる。和歌や俳句を確立しておくといふことは、今日ではもう多少手おくれになつてゐるが、それだけに我々がせねばならぬことであるし、これこそ昭和の青年の務めである。この事情は、今日の歌俳句が、どういふものになつてゐるか、どんな文學の考へ方に支配されてゐるかを知ればわかることで、新傾向だとか新興だとか破格だなどといふ考へ方は、大體俳諧をするといふ中で考へてゐない。偶然俳句を學んだが、そのうち多少理窟が云へるやうになつたといふ狀態を反映するだけで、俳句俳諧を學んで、その歴史を思つたといふ痕跡は、全然見あたらぬ。

しかし天和初年の芭蕉の俳句から僅か三つほどのものを例として、こゝに芭蕉俳諧の圓熟境を見ようといふことは、大いに無理であらう。私は俳句を作つてゐる者でなく、作らうと思ふ者でもない。しかし私は、芭蕉の中に、我々に心易い近代の思想の概念を見ようとする、例の芭蕉論の追蹤家ではさらにない。

今日では、歌や俳句を作つてゐる人の間では、歌と俳句にわけへだてをしてゐない。歌が俳句に犯された部分も多いが、俳句と歌と入りこんで了つてゐる現狀である。しかしこれをもつと克明に見たら、新體詩以來の近代詩が、歌も俳句をも支配したのだつた。近ごろでは様子が少し異つて、新體詩調が復活して、今の愛國詩の壯士調は、大體新體詩調の粗末な模倣位のところにゐる。これでは仕方がないといふ反省も詩人の中には生れてゐるが、しかしさういふ色々の情態を見てゐると、やはり我々が云うてきた歌の道の本體へ次第にかへるのでないかと、いさゝかこゝで樂天的に考へるわけである。

歌と俳句にわけへだてがないとか、歌と云うて俳境を歌つてゐるのも何ら困らぬではないか、といふ類の議論は、一應何ともなく聞ける議論だが、今日の實狀を見ると、さういふ議論の根柢には、西洋の文藝學や藝術論があつて、それによつてさういふ議論は裏づけられ、また統一されてゐるのである。俳句も藝術だ、歌も藝術だといふ通常の議論について、多少今日の現狀を見る立場で反省をしようとしてゐる人の耳にしか、私がこゝで云ふ慨言は入らぬと思ふ。

現狀は字數と形の上で、歌俳句を區別づけてゐるが、その區別づけが曖昧な形の上にあるから、定型を否定しようといふ議論が出ると、確信を以てこれに對抗するといふことが非常に少いのである。これは歌の方にも、俳句の方にもあつた。少くとも今では、俳句を作る人も、歌を作る人も、俳諧といふものの氣分や世界や傳統や歴史はあまり考へず、近代西歐風の思想の見地から、藝術として十把一からげに見てゐる狀態である。こんな有様では芭蕉論は成立しない。

私は歌俳句の境をいふ美學論をなさうと云ふのではない。作る者と見る者とが、それを心に入れておきたいと云ふのである。

だから、我々の歌道復古の考へ方とは別に、短歌の現状は、大體が「愛國詩」の壯士調に追蹤するのみの状態にゐる。これはしらべの上にもあらはれるが、大本は思想である。國體國史に對する思想によるのである。しかし短歌がさういふ「愛國詩」の一節たるに止つて、その詩境歌心が、「愛國詩」程度のものと高下ない状態にゐるとき、大體の時局俳句も亦所謂愛國詩的な思想にとゞまり、何の區別もない。俳諧俳句といふことに思ひをいたさねば、決して俳諧俳句の國風は成立せぬのである。ところが、今では多少誠實な作家の考へてゐることでさへ、藝術的といふ考へ方の上にとゞまつてゐる。この考へ方は國際的であり人類的であるが、決して皇國的でなく又俳諧的ではない。かういふ考へ方の支配してゐる現状にゐては、天和貞享ごろの芭蕉が、風雅の道を念頭にして、俳諧といふものに對し、どんな態度を持して身心を勞してゐたか、といふ肝心の一點が悟り得ぬであらう。

芭蕉は俳諧を所謂「藝術」として考へるよりさきに、俳諧として考へてゐた。さうしてその過程で、國風《くにぶり》の道をつねに念々としてゐたといふことは、關心が小なるやうで、却つて雄大な彼の詩境の原因となつたのである。この事情が了解されねば、芭蕉の作品の中に、色々の思想をよみ得ても、芭蕉が身を削つた、彼自身の思想をよみとり得ないであらう。

私が今日の人があまり俳諧のことを考へないで芭蕉を語つてゐるといふのは、この一點にあるが、これは今日一般文界の状態である。文學に對する志とは、現實の歴史のことばで云ふべきことだが、これを了知せぬとき、現代のやうな韻文界の状態となるのである。

ところで「虚栗」の出たのは天和三年で、「武藏曲」はその先年だつた。「武藏曲」は大原千春の撰で、談林が貞門を凌駕した記念碑だが、その中にすでに芭蕉正調の大なるものを、芭蕉の作として記録しておいたことは既述の通りである。なほこの前年天和元年にも芭蕉にとつてはかなり大切な「俳諧次韻」が出てゐる。さて「虚栗」がどういふ意味をもつかといふことは、談林から蕉風への過程とか、漢詩調の絢爛さなどいふ點にあるのでない。天明の復興期に加賀の麥水が深くこの書に傾倒したといふのは、大いに味ひのあることである。この撰集の出現によつて、最高調にあつた談林が、やゝ色を失つたほどの感がする。この集は其角の撰で、「古人貧交の詩を噛で、吐いて戯序す」と云うて

手を翻せば雲と作り手を覆へば雨
紛々たる俳句何ぞ數ふ須けん
世見ずや宗鑑が貧の時の交
此の道今の人棄てゝ土の如し
凩よ世に拾はれぬみなし栗

と題してゐる。この序は俳句以外は漢文である。この「宗鑑が貧の時の交」の語は、なほ談林風の見解に違ひない。さうして其角は生涯、芭蕉の眞義について參じ得なかつたやうである。この集中には、宗因、才麿、言水等の作も出てゐるが、實質から云うて、蕉門の代表的撰集であつた。「芭蕉洞桃青鼓舞書」と署名した跋は、「栗とよぶ一書、其味四あり、

李杜が心酒を嘗《なめ》て、寒山の法粥を啜《すゝ》る。これに仍而其句見るに遙にして聞に遠し。侘と風雅のその生《つね》にあらぬは、西行の山家をたづねて、人の拾はぬ蝕《むしくひ》栗也。戀の情盡し得たり。昔は西施がふり袖の顔《かんばせ》、黄金二鑄ハル小紫一ヲ、上陽人の閨の中には、衣桁に蔦のかゝるまで也。下《しも》の品には眉ごもり、親ぞひの娘、娵《よめ》、姑《しうとめ》のたけき争ひをあつかふ。寺の兒、歌舞《かぶ》の若衆の情をも捨ず。白氏が歌を假名にやつして、初心を救ふたよりならんとす。其如ノ震動虚實をわかたず。寳の鼎《かなへ》に句を煉《ねつ》て、龍の泉に文守を冶《きた》ふ、是心他のたからにあらず、汝が寳にして後の盗人ヲ待。」鼓舞書と誌しただけに、戯文ながら云ふべきことを堂々と述べ、大いにきほつてゐる。殊に最後の一句の如き、新風の宣言として自信満々としてゐる。

しかし彼は西行を信奉しても、俳諧はすてなかつた。信奉するから却つて俳諧をすてなかつた。さうして俳諧の通俗的滑稽やをかしみもすてなかつた。棄てるべき日にきてはいつも立ちどまつてゐた。この強い根據が何にあつたかと云へば、我國人の念願のあり方から悟らねばならない。それは國の美のみちを考へた文人の現實の生き方といふ點から考へられる。さうしてつひに芭蕉は、俳諧を日本の文學の一方面として確立したのである。

さうしてこゝで我々は、この戯文的な文飾を除けば、李杜と云ひ西行と云ひ、もはやこゝに描かれた内容は、「笈の小文」の「西行の和歌に於ける云々」の思想とほゞ同一であることを知るのである。たゞこれは戯文であるといふことに、思想上で考へねばならぬ問題があるのである。そしてこの戯文調をとりさるといふことは、一歩のちがひで俳諧の危機となる。つまり貞門の罠に陥るのである。さうしてこの危機を、宗因の影響がひきとめてくれたと芭蕉は考へたのであらう。

かうして「虚栗」の出た翌年、芭蕉は千里と共に「野ざらしの旅」に出た。この旅の成果の中には、舊來の「俳諧」から見て、まさに危機と思へるものが少くなかつた。しかしそれは形の上の危機にすぎなかつた。彼はこの危機に於て、ものの外形を見る代りに、もつと大きい道の心を見たのである。心正しい旅人なら、必ずそれを味ふやうな旅の地を選んだからである。我國の歌の神は芭蕉に幸ひしたのである。彼は大きいみちを知つて、心のあり方を知つた。先人が形としてしか見得なかつた流行の相の下に、不易の道を知つたのである。鼓舞して俳諧を描く必要はなく、もつとおのづからに自然な形で、輕く俳諧が生れるといふことを考へるまでの大自信に到着したのであつた。しかしこの大自信に到着するのは、なほ一朝一夕のことでなかつた。「虚栗」から數へると、すぐにつゞく野ざらしの旅を初め、なほいくつかの昇らねばならぬ梯程があつた。

風雅論の歴史感覺

野ざらしの旅によつて、芭蕉が、道の大なるものを、わが心のうちと已の血の中に自覺したことは、もとよりさういふ素質が濃厚だつたからであるが、これを素質といふなら、日本人の誰もがもつ素質である。そのことについては幕末の國學者で、歌人だつた伴林光平が、寺家を去つて還俗する日に、「本是神州清潔の民」と歌つた。本は神州の清潔の民として生れついてゐるのに、謬つて佛の教へを說いてきたといふことを歌つたのである。この人は、國學者としても當時の一流だが、歌人としては、近世史を通じての最高峰の一人である。その歌の質量から云うて、匹敵しうる人は、佐久良東雄、平野國臣の二人であらう。この光平が、二十三十の青年に伍して、天忠組に馳せ加つた時は、實に五十二歲、一黨中の最年長者だつた。まことに類の少ないことである。

こゝで、日本人の素質といふのは、この光平の一首の詩に十分に現れてゐる。これは誰もが生れついてもつてゐる。機緣あつて回想し自覺すれば必ず現れるであらう。

芭蕉はこの道を思ひつゝ、詩人の生き方を、最も嚴肅切實に回想したのである。中世以後の詩人たちが、我が身をわびさびの境涯に置いて守らうとしたものを、芭蕉は既に天和の頃には了知してゐた。それはみやびとしてのもののあはれ文化の根柢と、わびさびの生き方の根柢の關係である。都の文化を、如何にして守り傳へるかといふ點で立てた、己を決定するための考へ方が、わびさび派の詩人の生き方の原因であつたが、芭蕉は俳諧でそれを象らうと考へてた。「仕官懸命の地」も「佛籬祖室の扉」もこれは現し得ないといふことと、その風雅の道は、最も偉大な詩人に、現世榮達心と共に國際的觀念論を一排せしめた力だつたといふことを、深く考へる必要がある。

このわびさびの傳統を、俳諧に於てどのやうにあらはすかといふことは、すでに延寶天和の間に於ける芭蕉の最大の課題であつた。けだし俳諧は市井隱者のものである。つまり市民的現實生活を、その中にゐて淨化する方法である。しかもをかしみや滑稽が、こゝで必要だつた。さうしてさういふ舊來の俳諧觀を芭蕉は誰よりも大切にしたのである。かういふ形の俳諧に於て、後鳥羽院以來の詩人の志をあきらかにせねばならぬ。これが天和三年に「虚栗」のあとへ、彼が「鼓舞して」誌した思想の根柢だつた。又鼓舞と書いた文章のかげにはこの氣持が濃いのである。こゝでもし芭蕉が舊來俳諧を無下に放棄する心もちになつたとすれば、芭蕉はさほどの偉大に到らなかつたにちがひない。彼が俳諧をさういふ道のものとして、確立しようとしたところに、その偉大さの肝心の意味がある。

しかし野ざらしの旅の感動は、知識の上のものでなく、無朽の生命の自覺だつた。さうして野ざらしの旅の作品では、舊來俳諧らしいものが大いに後退し、談林の言ひ廻しは殘

つてゐるが

三十日《みそか》月なし千とせの杉を抱く嵐

手にとらば消えん涙ぞあつき秋の霜

御廟年を經てしのぶは何を忍ぶ草

と云つた慟哭のしらべが頻りに出て、その内容によつて談林の形を完全に抑へ、形をふさはしいものとした。これは文藝の方では大いに意味のある事實である。けだしこの慟哭は、文人詩人の歎くべきものとして傳へてきたものを歎き、代々の悲しみを、たゞ一人で傳へようとする志のあらはれであつた。この道と俳諧の關係を芭蕉の内部で考へなければ、慟哭の原因も分明でないだらうし、又元祿の芭蕉俳諧の、大切な眼目となつた、輕みの主張を解し難いのでないか。この輕みといふのは、俳諧の心を守るといふ決心をもつたことと、道に大なる安心と自信を得たことに立脚する。

わびさびが對象にあるのでなく、詩人の志の生き方にあるといふことは、すでに延寶時代の芭蕉の考へたところである。さきの「鳥のとまりたるや」の場合には、閑寂を一つの畫題として考へ、自分の外に見ようとしたが、さういふものを俳諧らしくをかしくして、「とまりたるや」などと談林調で云ひ出した時に、もう一つの深い反省がこの境地に起つたといふことは、既に云うた。

この野ざらしの旅の間に芭蕉は名古屋へ出て、名古屋の荷兮、熱田の桐葉等と五巻の歌仙を賦し、それと表合一つとを編輯上梓したのが「冬の日」で、これは荷兮の撰である。

この「冬の日」は、芭蕉俳諧の第一經典と云はれる。たゞこゝで興味多いことは、この最も重大な一巻を、江戸の門人を交へずに行つたことである。

狂句木枯の身は竹齋に似たる哉　芭蕉
誰そやとばしる笠の山茶花　野水
有明の主水《もんど》に酒屋つくらせて　荷兮
かしらの露をふるふ赤馬　重五
朝鮮のほそり薄の匂ひなき　杜國
日のちり〳〵に野に米を刈る　正平

かういふ調子で、もう舊來の俳諧とは大いに異り、談林風の發想は殆ど一掃された。談林の豪快好みとくらべると、上方風の優雅が一きは多い。この優雅といふのはひかへ眼だから、談林風の意氣や滑稽を旨とするところが、かなり後退し、又それから出る智的遊戯が、殆どなくなつた。この談林風の智的遊戯が少くする場合、最も手輕なことは、優雅といふ思想を根柢とするとよいわけだが、この點についてはなほ色々の問題があつた。その一つは歌連歌と俳諧の關係であり、用語の俗語の上にのみ俳諧をたよらせるといふことも問題となる。この俗語の用ひ方に於ては、貞門と談林との業蹟やその思想を見きはめて、決定し得た。こゝに於て俳諧そのものに對する態度は、「冬の日」に到つて大方確立した。芭蕉は俳諧の心を明確に決定し、自覺し、和歌連歌との區別を、區別の觀點から情勢論的に云ふまへに、一貫するものの中に、俳諧は俳諧としてある所以を了解した。俗語を正す俳諧の心は、和歌連歌に入る道でもない、又俗の流行に追蹤することでは勿論なかつた。

この「冬の日」の出たのは、貞享元年だが、翌貞享二年夏に江戸に歸り、貞享三年までは、殆ど表面の活動はないが、この貞享三年春の芭蕉庵での「蛙合」に、芭蕉は「古池や蛙飛込む水の音」と吟じ、これが廣く喧傳されてゐる。ついでこの年八月には尾張の門人荷兮の手で「春の日」が上梓され、これが七部集の第二とされてゐるが、こゝには勿論芭蕉が加つてゐないから、「冬の日」ほど重要でないが、蕉風樹立にゆかりの多い、第一、第二の撰集は、このやうに名古屋から現れたものである。

この當時の芭蕉の生活の心境を寫した文章として「閑居箴」があつて、「あら物ぐさの翁や。日比は人のとひ來るもうるさく、人にもまみえじ、人をもまねかじと、あまたたび心にちかふなれど、月の夜、雪のあしたのみ、友のしたはるゝもわりなしや。物をもいはず、ひとり酒のみて心にとひ心にかたる。庵の戸おしあけて雪をながめ、又は盃をとりて筆をそめ筆をすつ。あら物ぐる《狂ほし》おしの翁や」と誌して、

酒のめばいとゞ寝られぬ夜の雪

この句は貞享三年の作と推定せられてゐるが、この推定だと芭蕉四十二歳、この句は侘しい初老を思はせる作である。

貞享四年には八月の下旬鹿島に詣でた。この時の紀行もある。そして歸ると十月郷里へ出發した。この旅の紀行が「笈の小文」でこの文章もよく知られてゐるもので、書き出しを見ても「野ざらし紀行」より餘裕を示してゐる。「百骸九竅《けう》の中に物あり。かりに名付け

て風羅坊といふ。誠にうすものの風に破れやすからん事をいふにやあらむ」といふのは、芭蕉が自身の別號の由來を説いてゐるのである。百骸とは全身の意で、九竅《けう》といふのは、全身には、二目二耳二鼻一口二孔の九つの穴があるといふ意味である。この文章は次のやうにつゞけられてゐる。

「かれ狂句を好むこと久し、終に生涯のはかりごととなす。ある時は倦んで放擲せん事を思ひ、ある時は進んで人に勝たむ事を誇り、是非胸中に戰うて是が爲に身安からず。暫く身を立てむ事を願へども、これが爲にさへぎられ、暫く學んで愚を曉らん事を思へども、是が爲に破られ、終に無能無藝にして只此の一筋に繫る。西行の和歌に於ける、宗祇の連歌に於ける、雪舟の繪に於ける、利休が茶に於ける、其の貫道する物は一なり、しかも風雅におけるもの、造花に隨ひて四時を友とす。見る處花にあらずといふ事なし、思ふ所月にあらずといふ事なし。像《かたち》花にあらざる時は夷狄にひとし。心花にあらざる時は鳥獸に類す。夷狄を出で鳥獸を離れて、造化にしたがひ、造化にかへれとなり。」と書き出してゐる。元祿三年芭蕉四十七歲の時の「幻住庵の記」にもこの文章中の主節がそのまゝ用ひられてゐる。「無能無才にして此の一筋につながる」といふ條がそれである。

この文章は現に趣旨としては、「虛栗」の跋にしるしたところであるが、形から云へば、さきの跋文の戲文調はなくなつてゐる。この書きぶりは確かに眞面目になつて、人の心にしむやうであるが、文章を描くものの氣持からこれをみると、却つて氣樂に書いてゐるといふ感がする。文學としてもつ自信が高くなつただけに、氣樂になつたのであらうが、こゝで文人の志に對する自信といふ觀點から、「野ざらしの旅」を考へるべきである。

この氣樂さといふ點から見ると、これは自信に立脚したもので、その間の事情は、「笈の小文」の冒頭の

旅人と我名よばれん初しぐれ

の句にも見られる。この時には門弟たちも師の門出を送るべく、「あるひは詩歌文章をもて訪ひ、或は草鞋の料を包て志を見す。かの三月の糧を集るに力を入ず。紙布綿小などいふもの、帽子したうづやうのもの、心々に送りつどひて、霜雪の寒苦を厭ふに心なし。あるは小船をうかべ、別墅にまうけし、草庵に酒肴携へ來りて、行衞を祝し、名殘を惜しみなどするこそ、故ある人の首途するにも似たりと、いと物めかしく覺えられけれ」とあつて、のどかでゆたかな門出であつた。

この文中の三月の糧を集めずといふのは、「莊子」の「逍遙遊」にある「適二千里一者、三月聚レ糧」よりとつた文句である。綿小といふのは眞綿で作つた防寒衣、したうづといふのは下履《したぐつ》のことである。

さらにこの文章のつゞきに「抑々道の日記といふものは、紀氏、長明、阿佛の尼の文をふるひ情を盡してより、餘は皆俤似通ひて、其の糟粕を改むる事能はず」と氣負つたことを誌してゐる。卽ちつゞけて「まして淺智短才の筆に及ぶべくもあらず。其の日は雨降り、晝より晴れて、そこに松有り、かしこに何と云ふ川流れたりなどいふ事、誰々もいふべく覺え侍れども、黃奇蘇新のたぐひにあらずば云ふ事なかれ」と云うてゐる。

黄奇蘇新といふのは、黄山谷の詩は奇を以て稱せられ、蘇東坡は新を以て讚へられたとの意味で、貫之以來の紀行文に對して云ひ、ついで鎌倉期以後の連歌師たちの紀行文に對しても一つの見解を匂はせ、新しく主張をしてゐるが、事實は先蹤を多くとり入れてゐる。しかしこの主張の展き方が、大いに餘裕をもつさまを示してゐることは、一見して明らかである。もう二三行を引用すると、つゞけてかうある。

「されども其の所々の風景心に殘り、山館、野亭の苦しき愁も、かつは話の種となり、風雲のたよりとも思ひなして、忘れぬ所々跡や先やと書き集め侍るぞ、猶醉へる者の猛語にひとしく、寢ねる人の譫言する類に見なして、人又亡聽せよ」この「醉へるものの猛語」といふのは、妄語の意だらうが、きほつてかん高い氣象をこめたことばの意味に考へられる。「亡聽せよ」といふのは、聞き流しにしても宜しいといふ意味で、これも調子のつよい云ひ方になつてゐる。

これを見て「野ざらし紀行」とくらべると、文學的に云ふと、野ざらしの旅に於ては、これほどのゆとりがないやうに見える。このゆとりは文學者の自信とも義務感とも云へるが、ゆとりをもつて文學を考へだしたしるしである。こゝで考へた「文學」といふのは、近代の藝術論に云ふ文學や藝術でなく、芭蕉の場合は俳諧である。しかしこの芭蕉の俳諧をも、もう一つ抽象して考へることが出來るといふやうに、近代の文藝學の徒は云ふかもしれぬが、さういふ根據がつひに成立せぬ理由を私は歷史として云うてゐるのである。芭蕉の場合も、もしそれが國際的論理として抽象されるなら、細き一筋につながるといふ自覺にまで到らずに終つたことであらう。

俳諧が何であり、風雅の道が何であるか、さういふ點では、芭蕉の考へたものは、極めておぼろげなことばでしか云ひ難いものであつたと思ふ。俳諧とはたゞ一つのいのちの機縁で、道はいのちのあり方だと、それ位のことしか口では云へなかつたのである。もしこゝで俳諧とは何か、それと道との關係はどうか、などといふことを滔々と說き明かし、その理論を形成することに、思想があると云ふなら、芭蕉はさういふことは何一つしてゐない。芭蕉の思想の深さは、生き方と志の深さに出てゐるのであつて、その思想は、まさに正しくその文藝の上に現れたのである。これがわが國の思想のあらはれ方であつて、近世の日本思想が、彼を除外しては語り得ないといふ理由はそこにある。こゝで我々はわが國の思想のよみ方といふ點について考へておく必要がある。我國は、生民の原理となる大道が、萬古に一貫してゐる國で、その道が歷史だといふことを、思想の形態を考へる上でつねに念とし、その念より思想を如何によむかといふことを悟らねばならない。

この「笈の小文」は古から名稱一定せず、「大和紀行」とか「芳野紀行」などの名もある。この旅は、貞享四年十月二十五日に江戶を出發した。芭蕉四十四歲である。まづ十一月四日尾張鳴海の知足亭に到り、ついで名古屋、熱田の間で吟席を重ねた。實に日本武尊御由緣の地なる熱田、名古屋の地こそ、「冬の日」によつて蕉風發祥地となつたのであるが、その熱田を中心とした近世の思想と文藝の轉回は、他にも大いに見るべきものがあつた。いま「冬の日」の根幹の發想を見れば、蕉風が江戶に於て、十年舊知の門下の手で發足し得なかつた理由は大體理解されるのである。しかし今こゝで、熱田地方の地理歴史から近世の國風文化の大潮を、簡潔に敍すといふことは出來かねる。

かうして芭蕉は熱田、名古屋にあつて、「冬の日」を中心にした同人達と遊び、伊賀に歸つたのは十二月の中旬であつた。

京まではまだ半空《なかぞら》や雪の雲

冬の日や馬上に氷る影法師

東海道ではかやうな旅中吟があつた。また名古屋を出發して故郷に歸らうとした、師走の十日あまりの日に

旅寢してみしやうき世の煤はらひ

などといふ侘しい句をなしてゐる。まことに旅は侘しいし、旅は人を淸らかにし、心を鍛へるものである。體を鍛へるのでなく、精神と根性を鍛へる。晩年の「嵯峨日記」を見ると、芭蕉の机上にあつた本の中に「松葉集」の名が見える。これは「松葉名所和歌集」とも「大類字」とも云ひ、全國の名所を詠じた古歌を集めた大部の歌枕集である。歌枕の地を訪うて、ありふれた眺めに、古今集に描かれた貫之の美學の根本をなつかしむ心懷は、芭蕉の肝心としたところだが、同時に我國傳統の詩人のいのちの味ひ方だつたのである。さうして時代から考へて、彼が萬葉集の心といふやうなことを云つたことを肯んじても、大體のその趣旨は、やはりこの範圍の歴史時代の回想に止まつたところに、芭蕉の到り得た限界があつた。

故人の跡を訪れ、その心を戀ひつゝ、國史を同想追憶し、こゝを訪れた代々の先人の心と同じ心境で感傷し、つひには慟哭する。この慟哭に於てわが文藝の意味がある。さうい ふ芭蕉の旅の心は、傳統の歌枕の地を訪れることだつたのである。そこには歴史があるから、精神の上で無限の深さを同想し得たのである。さうして旅を思ふ心とは、國史をしたふ心に他ならなかつた。

新しい風景の探査ではない、さういふものも、「旅の榮花」だが、派生物である。それは心こゝにあれば必ず與へられる恩惠だつた。芭蕉の「行脚掟」は、今ではこれを芭蕉の作としては信じてゐないが、その中の「山川舊跡をしたしく尋ね入るべし、あらたに私の名を付する事なかれ」などといふことばは、芭蕉の眞意だつたと思はれる。又「東海道の一すぢも知らぬ人、風雅に覺束なし」といつた遺語なども、まことに達人の言であつて、單に旅を、西行、宗祇の亂世時代の遺風として考へたのでなく、大なる國史の生命にふれる機縁を、かゝることばで現したものである。

芭蕉が古人のあとに思ひをよせた深さは、その紀行の到るところに見る。その紀行文の代表作品とも考へられる「奥の細道」を見ても、さういふ情景がしきりに出る。西行の歌の「道のべに清水流るゝ柳かげしばしとてこそ立ち止りつれ」のあとを訪れた時など、「清水ながるゝの柳は、蘆野の里に有りて田の畔にのこる。此の所の郡守戸部某の、此の柳みせばやなど折々にの給ひ聞え玉ふを、いづくの程にやと思ひしを、今日此の柳の陰にこそ立ちより侍りつれ」と、なつかしい心持をしみ〴〵としるしてゐる。

田一枚植ゑて立ちさる柳かな

これがその時の句で、柳の傍で往事の思ひ出とわが心の思ひにふけりつゝ、里人が田を植ゑるのを見てゐたが、その間に一枚の田を植ゑつくして了つたので、俄に前途を思うて、立ち去り難いこゝろを殘しながら、強ひて出發したといふ意味である。

また飯坂の近くの佐藤庄司の舊跡に、繼信、忠信の遺跡を訪れた時も、その古のあとを聞く度に泪を落しつゝ、「中にも二人の嫁がしるし先づ哀なり、女なれどもかひ〴〵しき名の世に聞えつるものかなと袂をぬらしぬ」と誌した。これは繼信兄弟が義戰に討死したあとで、その二人の妻女が甲冑をつけて夫の姿をし、歸らぬ我子を待つ姑を慰めたといふ話で、その姿を形に作つて祭つた祠が古くはあつた。今もあるかどうか、私はまだ訪れてないし、人に聞いてもわからなかつた。

さらに「夏草や兵どもが夢の跡」の吟では、今さら云ふまでもないが、「荒海や佐渡に横たふ天のかは」などの作には、芭蕉は一行の序をも加へなかつたが、はるかに遠い昔からの史蹟を思ひ、萬感の追憶にふけつたことは、この一句の莊重さを見て、直ちに感受し得るところである。「銀河序」といふ文章はこの句の序であるが、これは慮りの深いあまり、今日我々のうけるほどのものを云うてゐない。

けだし彼の旅は、たゞ眼に見える風景を樂しむのではなく、たゞ抽象的な艱難刻苦の修業でもなかつた。ひたぶるに風景の中に歴史の歎きをよみ、萬代の悲歌を吟じる。眼に見える寫生の句をなすことではなかつたのである。寫生の句によつて、實相に觀入するといふ場合にも、今の人はもののいのちを國際觀念で考へてゐるにすぎないのである。芭蕉の寫生は、さうしたものの淺さにゐたのではない。彼は歌枕舊蹟に杖をひいて、歴史の歎きを我ものとすることによつて、歴史を貫くわがいのちのゆたかさを味つた。その日本人のいのちは悲しくゆたかなものの思ひである。

たゞ芭蕉の旅は、殆ど歴史の回想に於て止り、歴史の歎きには最も切なくふれたが、その上にさかんないのちの大なるさまや、その神のものについての自覺には、なほ到らぬものがあつた。さうしてこの詩人は、その自覺と回想を描くに到らず、却つてその大なる神のいのちを、慟哭の中におのづからうつしたのである。しかし芭蕉の自覺が、歴史時代にとゞまつたといふことは、眞僞はともかくとして「俳諧は萬葉集の心なり」といつた語が現してゐる。即ち芭蕉の回想と自覺は、萬葉末期の精神と志の狀態の一歩手前に止つたものであつた。萬葉集は志の集である。記紀の歌の太く旺んな神ながらではないが、生民の志の熱禱を云ふ歌集であり、この點で、人の心にねざす歌としては、萬葉集の志は、後代の草莽に一貫するものである。

芭蕉のこの自覺は當時としては、今として見ても、最高と云ひたいもので、文藝が現身《うつそみ》をもつ人間の營みであるかぎり、こゝに止つたことは今日から難じ得ないことである。江戸末期の文藝の最も高邁清醇なものも、なほ萬葉集末期の精神を漸くに展いたといふのが事實である。

古代の人の、さながらの心を説くことは、元祿以後には多少時代思潮の上へあらはれてくるが、作そのものの上では、大體に歴史の歎きを歎く人の思ひが、神のものに通じる慟哭を描いたのである。芭蕉の慟哭には、誰よりも激しい形で、この神のものがあつた。しかしこれは、現身を生きる人間の、極端な念願によつて描かれたものであつて、なほこの念願が芭蕉の心中に未しい時には、その詩境にも未しいものの現れるのは當然のことである。

この點で芭蕉が、近世の復古時代の直前に現れたため、その思想に於て、古代の人の心を、詩境に描かうと自覺したところがなく、西行、宗祇と稱へた彼の信念に立脚し、中世の文人の風雅の道の生き方を完成したのである。まことに彼はこの意味でも最後の一人であつた。わびさびによつて歴史としての道を守ることは、かういふ生き方となる。さういふ意味で、芭蕉のわびさびを願ふ心は、大體に貫之の云うておいた「古をしたひて今を戀ふ」ところにおちつくものであつた。

貫之がこゝで今と云うたのは、延喜のみかどの大御世だつたが、我々はこの古、今を遊離させた代々の考へ方に氣づいてゐるのである。文人は必ずしも合理的にものをよまねばならぬわけはないと考へたし、正しくよんで變形することがもつと生き方の上で切實だとした。これは俳諧者の古典のよみ方の一つの方法である。書いた人の心を正しくよむことと平行して、これを現實の生々しい中で變形してみるといふことがさらに正しいよみ方だと、彼らは考へてゐた。これを智的なしやれとしたものは談林で、芭蕉がそれを代々の人々のいのちのもち方の方へ還元したのである。しかしその場合でも文人の思想では、古とは延喜天暦だつた。ところでわびさびの方では、この今と古の關係を、今のみちのべに道のこゝをきくといふふうにもつて行つた。つゞめて云うて了ふと、今の道のべに道のなごりを見、古のものをしたふといふほどの意味が、わびさびの時代の詩人の旅の考へ方であつた。これは歌枕を求めて歩いた詩人の本心であり、その生き方が卽ち風雅だつた。今の世の中にある古のみちのなごりをみることは、古のみやこの文化の流に生きてゐるものをそこに見て歎ずることであり、それによつて古を仰ぐとともに、同時に古から傳つたまゝの道を今にしたつて、今の世にあるみちのいのちを戀ふ。風雅は戀闕の詩美であつた。

このいきさつは、多少貫之の心持と異つてゐて、貫之は、古今集をみる後代の人は、こゝで今のれを見れば必ず今の御世を戀ふだらうと云うたのである。後人から云うた時にそれの御世といふのは貫之の生きてゐた延喜の御世で、古といふのは、後人から云うた時にそれは古である。さうして後世は、この貫之の心持を悲痛に行つた。日本のわびさび時代の詩人は、みな古を戀ひ、延喜天暦の御世を戀うたのである。

貫之の思ひと異つた點は、後世の亂れた世にもあくまで道があるといふ國ぶりに、わが道心のありつたけを注いで流涕した詩人の生き方である。これは後世の人が考へて生き方としたのである。もつとも貫之の云うた時の、古は無窮永遠の道だと思へるし、今もそのの道を云ふ意味の今だらうが、武家亂世時代の詩人は、もつと切實に、この古の永遠さを、今の永遠さの中に考へることを、事實として知り、わがいのちのあり方として念じた。かうの中に永久のものを見なければ、彼らのいのちのよりどころはなかつたからである。

して貫之の考へは、彼が示したより何倍にも深く解され、又激しく考へられた。貫之の延喜禮讃思想をこのやうに深く考へたことは、實に我國の中世詩人の念願と生き方からきたものである。これは變へたと云うてもよい。私はこの變り方に、民族の詩人の祈りと祭りの思想の現れを見たいのである。

しかしこの武家亂世時代の詩人の、わびさびの意識を一段と高めて、古代の人のさながらの心に於て詩境を拓くといふ思想に來るなら、その志はまことに第一流のものである。しかし芭蕉が、わびさびに生きねばならなかつたといふことは、近代以前の文人の誰もがもつた歴史的な事實だつたのである。さうしてこゝでみやびが、我國の詩人に、武家の文化と威儀を弊履の如く思はせた大なる力と事實を、さらに深く考へねばならない。しかし明治御一新ののちにさへ、古代の人の心を生きた文藝といふものは、つひに殆ど現れなかつたのである。

たゞ芭蕉の自覺にどんな限界があつたかを明らかにした時に、彼の考へた道と俳諧との關係といふ點で、實際問題として何ともなし得ぬ程の困難さに氣づくであらう。芭蕉を生かせる、今の世によび出すといふことを、芭蕉論の課題とするから、彼の慟哭を改めて哭し、その歎きに同情するのである。わびさびは草莽戀闕の道であり、至誠と誠實の道であつたが、封建の下、自らな限界があつた。それは梗塞したものを打破して、古代のおのづからに大いなるものを回復するといふ力をもたない。神意をうけて現世《うつしよ》と現身《うつしみ》を打破するといふ思想ではない。しかしさういふ思想を涵養する國學思想の先驅であり、地盤の傳承である。宮廷を崇拜し歸依する心の思ひの美しさ、卽ち日本の根柢となる心情を傳承し涵養したものである。

芭蕉の風雅は歴史への囘想に源し、咏嘆と慟哭に轉ずるものである。私はそれを思つて、「歌なる哉」「詩なる哉」の歎聲を發する。眼にみる一木一草に歴史の事實を囘想できねば、それは風雅でない。そこに何かの生命の美を見ることは出來る。近代の印象主義者ならば、さういふ思想を、一木一草に眺め、これを寫生の實相觀入といふかもしれぬ。しかし芭蕉は、そこから無限な道としての歴史を考へた。それは日本のいのちに、觀入してゐる。しかもそこでさらに神の思想を思ふといふことは、全然なかつたわけではないが、風雅論の大體の場合は、人の世の民族の歴史の囘想に止り、濃厚にその神ながらの記紀思想が詩境としてあらはれてはゐない。

私は二十代の初めの時代に、萬葉集よりも、俳諧七部集を喜んだ期間があつた。これを今から思へば、已の志の淺き餘りに、萬葉集に現れた古代の人の詩境について思ふところ薄く、やはり一面では、近代藝術思想や、近代人間主義に喜んだ知識の現れだつたのであらう。この事實は、今日云うてもこれを納得する人は少いと思ふ。近代の歴史觀や、詩人の思想に立脚する限りでは、萬葉集のもつ最高な詩境の一面には、なほ到り得ないのである。

芭蕉の風雅の根柢は、歴史の歎きを敍すことであつた。これが卽ち古今集の美學である。そこにはおのづからのうちにして、國ぶりの神のいのちに通じたものもあつたけれど、最後に於ては、なほ一つの限界が殘つた。しかし俳諧七部集の描いた、現身《うつしみ》の關心と、日本の詩人の悲しい生き方との混沌狀態が、近世的な詩人の思想の極致だつたといふことは、この經路を知つた今では十分納得できるのである。

芭蕉の風雅は、單にある心景を寫生することではない。觀念論的な美の思想によつて、對象をある型に描くことではない。さらに寫生をへて何かを象徵するといふ考へ方の、象徵ではないのである。象徵といふ思想を、西歐や支那の藝論で云うた範圍では、芭蕉はさういふ象徵を描くことを念としたのでなく、國史に於ける代々の先人の悲しみと歎きを描くといふ明確な思想をもつてゐた。この明確さは、芭蕉の傳統精神に立脚するのである。これを考へず、たゞ芭蕉をえらく見せようとして、曖昧な近代美學思想によつて說くことは、却つて芭蕉の眞意をおとしめる。しかしこの時芭蕉が最も懸命になりつゝ、しかし最も明確になし得なかつたものは「俳諧」といふ思想であつた。彼はあくまで傳統的な俳諧觀にかゝづらつてゐた人である。

その「俳諧」が現實この世にあるといふことを、深くたしかめる思想は、道との關係の上では、なほ十分に立たなかつたやうである。しかもそれがたゞ現實に存在するといふ眼のまゝの事實、つまり流行から出發するほどには、芭蕉は心の貧しく淺い人ではなかつたのである。眼に見える事實だけを根據とすれば、それは談林である。さういふ談林が、蕉風の風雅論の第一歩の出現にあつて、一たまりもなかつた事情は、世間では直ちに認めなくとも、芭蕉は自身で十分に知つてゐた。

しかしこゝに云うた議論の歸結として、「俳諧」や「俳句」がもつてゐる、その形容の上にまで註文するのではないかといふなら、事實としては、決して俳諧が立場を失ふといふ意味はない。たとへば今日に於て、俳諧を生かせることは、却つて歌の道を確立することにあるといふことが、私の對策的な時論である。この理由は簡單に云へない、しかし既述のところから讀者には、大方に理解されることと思ふ。

「笈の小文」は、芭蕉が文人の思想を確立しようとした第二の旅の記である。その思想の確立とは、行ふことであつた。まづ名古屋に月餘を暮し、故鄕に歸つた日

古鄕《ふるさと》や臍の緒に泣くとしの暮

と吟じた。この「笈の小文」の中には、この句についての序はない。一言もことばでふれてゐないところが、殊に情のふかいところである。正德二年に刊行された知足の遺稿「千鳥掛」には、「歲暮」といふ題で、この句についての芭蕉の詞書がある。「代々の賢き人々も、古鄕はわすれがたきものにおもほえ侍るよし。我今ははじめの老も四とせ過て、何事につけても昔のなつかしきまゝに、はらからのあまたよはひかたぶきて侍るも見捨がたくて、初冬の空のうちしぐれるゝ比より、雪を重ね霜を經て、師走の末伊陽の山中に至る。猶父母いまそかりせばと、慈愛のむかしも悲しく、おもふ事のみあまたありて」と誌して「古鄕や」の句をつけてゐる。わが臍の緒に、父母の誌した文字のあとを見たのかもしれぬ。

まことに哀切な句である。さうして我々はかういふ心もちの中に、芭蕉の骨を削るやう

な文學の根據を知らねばならない。芭蕉の枯淡も、慟哭も、悲痛も、かうした深い生命と愛情の思ひに立脚したものである。

しかしこの血脈の感覺を愛情といふ如き當世のことばで云ふことは、あるひは眞義を傳へないであらう。こゝにある感銘は、無限につゞくいのちの思ひである。生物學的な生命や、觀念論的な生命ではない。日本の傳統文學の肝心は、さういふ生命觀のさらに上にある深いいのちに立脚し、その道を國史として知つた時の、慟哭にあるのである。肉親への冷淡さを意とせぬ西洋風の個人主義ないし合理主義の生命觀では、我國文學にあらはれたいのちの慟哭が、國史と一つになつてゐる點を理解し得ぬ。我國の我々のいのちは國史と一つである。

芭蕉は風雅の根柢にこの感慨をおき、歌枕の旅に故人の史蹟を感傷することを風雅の實體と考へ、これをあへて「夏爐冬扇」と人に說いたのである。爐は夏に人にすゝめるものでない、扇は冬に人にすゝめるものでない。しかしいのちの上の思ひは、夏爐冬扇でよいのだ。この云ひ方は、故事の云ひ廻しによつて、別の意を現してゐる。「予が風雅は夏爐冬扇の如し」と云うたあとへ、「衆にさかひて用る所なし」と激しいことばで云うてゐる。

貞享四年歸鄕し、翌貞享五年は九月二十日に元祿元年と改元されたが、この年正月は伊賀にゐて、伊賀國阿波庄の重源の舊蹟を訪ひ、荒廢した寺の中に殘つてゐる重源の像を見て流涕した。重源とは東大寺を再建した俊乘坊重源である。しかしこの時の俳句は、

丈六にかげろふ高し石の上

といふたゞ春日のゆたかな作である。これにつゞいて

さまざまの事おもひ出す櫻哉

の一句があつて、これには何の序もないが、「笈日記」には、これは故主の蟬吟の庭前での吟だと云うてゐる。さうとすれば、何故一言の序もないのだらうか。俊乗坊の新大佛寺でしるした感傷の耐へ難い文章は、この吟の心もちが出たものであらう。「臍の緒」の句についても、この紀行文中では一言も序をのべてゐない。さうして別の場所で、腸をしぼるやうな沈痛な無限の歎きを誌してゐるのである。しかしこの句については、別に云ふところはない。

ついで二月伊勢に參宮し、神宮の祠官たちと吟席を重ねた。この時の作「何の木の花とは知らず匂ひ哉」の吟については、さきに云うたところである。この時の紀行文のこの文句のつゞきに「神垣のうちに梅一木もなし。いかに故有る事にやと神司などに尋ね侍れば、只何とはなしおのづから梅一もともなくて、子良《こら》の館の後に、一もと侍る由を語り傳ふ。」つゞいて、

御子良子《こらこ》の一もとゆかし梅の花

とあり、一もと梅のゆかしさは同時に御子良子として奉仕する少女の清淨さを云ふものであらう。この發想はさすがに俳諧としての高雅の極致を現し、ことばに於てもよくつゝしみをうつして、位のある作である。我々の郷里では、伊勢の大神宮さまには梅のないといふことをうたつた俚謠があつて、これは何故大神宮さまに梅がないかといふことを云うた

謠だが、夏の夕方にだけその唄を歌つて遊んだ。しかしその唄も遊戲も今では大半を忘れた。ところが今から二百五十年以前にも、神域に梅がない理由を問ふ人があつたといふことと、その理由はわからなかつたといふことを知つたのは、大方子供の頃の遊戲を忘れたころである。餘談だが、その遊戲は三つ位ちがふ形の遊戲があつて、獻上した梅が、酸いからとて返されるところで一卷《いつくわん》が終り、二卷目では坊主が梅を植ゑることがあつて、次に梅の花や結實の樣子を聞きにゆく、今花が咲いたとか、もうぢきに實がなるなどいふ問答があつて、最後にゆくと實をくれないで、子供を捕へにくる、そこで子供が逃げる、捕へられたものが次に坊主の役になる。さういふ多少こみ入つたしくみの遊戲だつたやうに思ふ。その他にも坊主が鬼の役をする遊戲や、狡猾なことをする遊戲があつた。

さて「笈の小文」によると、この御子良子の句のあとへ

神垣やおもひもかけず涅槃像

との句があつて、何の序もなしに出しぬけに出てゐるが、これは眞蹟があつて、「十五日外宮の館にありて」と前書があるさうである。

この頃伊良古崎の杜國が伊勢へ出迎へ、共に吉野へ花見に行かうとした。これは先年杜國と約束してあつたからである。さうして杜國はこの旅の間萬菊丸と童子のやうに名のることにした。かうして一度伊賀に歸り、それから大和路へ出發した。

「笈の小文」に從つて書いたので、阿波庄の新大佛寺のことや、「さまざまのこと思ひ出す」の句などのことをさきに云うたが、これらの句は、杜國と共に伊勢から再び伊賀へ歸

つたこの時の作だと云はれてゐる。蟬吟の遺子藤堂良長の宅での作で、この人は俳號を探丸子と云うた。

さて芭蕉たちは丹波市、三輪、初瀨、多武峯、龍門とへて、國栖の近く、大瀧、蜻螟の瀧などを訪れ、吉野山には三日とゞまつたが、「曙黃昏のけしきに向ひ、有明の月の哀なるさまなど、心にせまり胸にみちて、あるは攝政公のながめには奪れ、西行の枝折に迷ひ、かの貞室が是は〳〵と打ちなぐりたるに、我いはん言葉もなくて、いたづらに口を閉ぢたるいと口をし。思ひ立ちたる風流いかめしく侍れども、爰に至りて無興の事なり」と誌してゐる。攝政公といふは原本に攝章公とあるが、後京極攝政良經である。良經には吉野山の歌は多數あるが、名歌として「昔たれかゝる櫻の花を植ゑて吉野を春の山となしけむ」が知られてゐる。又西行の歌は「吉野山こぞのしをりの道かへてまだ見ぬ方の花をたづねむ」、貞室の句は「これは〳〵とばかり花の吉野山」が著名である。

吉野から芭蕉は高野へ出た。高野は云ふまでもなく空海の開いた千年の靈場である。こゝで少し云ひたいことは、芭蕉は西行の古を慕つた人だから、空海のなつかしい土俗信仰を身近に感じてゐた人である。「南山大師の筆の跡にも」といふ句は既に云うたとほりである。しかし最澄の歌のことも別の場所で云うてゐて、「阿耨多羅《あのくたら》三藐《みやく》三菩提《ぼだい》の佛たちわがたつ杣に冥加あらせ給へ」の歌だが、これは後鳥羽院が新古今集序文でおほめ遊して以來、過去の文人で知らぬ人のなかつたやうな作品である。

しかし西行が空海をしたつたのは、空海の生きてゐる土俗と民間をなつかしんだからである。このこともわが文人の長い習慣で、佛者ではない文人の贔屓は、過去に於ては大てい空海だつたが、近ごろの文人の間では、空海の心持の生きてゐる土俗をきらつて、最澄の學園を云ふことの方が多い。芭蕉は高野山では

父母のしきりに戀し雉の聲

といふなつかしい句をなしてゐる。空海の信仰の雰圍氣には、かういふなつかしいものに結ばれたものが多かつたのである。この句については「高野詣」といふ文章の中で、まづ堂坊の莊嚴を云うたあとへ、さりながら咲く花は「寂莫の霞の空に匂ひておぼえ、猿の聲、鳥の啼にも腸を破るばかりにて、御廟を心しづかにをがみ、骨堂のあたりに彳て、倩おもふやうあり」としるし、まづ腸を破る思ひを敍して、次にそのよるところをつゞけて誌した「此處はおほくの人のかたみの集れる所にして、わが先祖の鬢髪をはじめ、したしきなつかしきかぎりの白骨も、此内にこそおもひこめつれと、袂もせきあへず、そゞろにこぼるゝ涙をとゞめて」と結んで、この句をしるしてゐる。高野の山のなつかしさや、ひいて空海に對する土俗民衆の思ひといふものは、こゝにその大きい原因がある、空海は、その教學と無關係に、土俗の中でなつかしまれてきたのである。

こゝをたつた芭蕉は、和歌浦で行春の名殘を味ひ、また奈良へひき返したが、改めて須磨明石の歌枕をたづねた。しかしこゝには、古歌に歌はれたやうな俤は、もう何一つ殘つてゐない由を誌して、現實の味けなさをうつしてゐるのが興味多い。それを少し引用するが、これは漁師たちの有樣である。「きすごといふ魚を網して、眞砂の上に干し散らしける

を、鳥の飛び來りてつかみ去る。是をにくみて弓をもておどすぞ海士のわざとも見えず。もし古戰場の名殘をとどめて、かゝる事をなすにやといとゞ罪深く」云々とあつて、この發想にはよむ人が勝手に興味をもつて欲しい。

しかし「猶昔の戀しきまゝに」跡をしたつて、須磨の西の鐵枴峯へ登らうとし、嫌がる十二歳ばかりの里の童子をすかして、案内させつゝ山頂に到つた。その山頂での感慨をしるすと、「又後の方に山を隔て、里井の畑といふ所、松風、村雨の故郷といへり」と在原行平の古をしのび、「尾上つゞき丹波路へ通ふ道あり」と旅路のあはれを言外にふくめ、「鉢伏のぞき、逆落など恐ろしき名のみ殘りて、鐘懸松より見下すに、一の谷内裏やしき目の下に見ゆ。其の代の亂れ其の時の騒ぎ、さながら心に浮び俤につどひて、二位の尼君、皇子を抱き奉り、女院の御裳に御足もたれ、船やかたにまろび入らせ給ふ御有様、内侍局、女嬬、曹子のたぐひ、さま〴〵の御調度もて扱ひ、琵琶、琴なんどしとね布團にくるみて船中に投げ入れ、供御はこぼれてうろくづの餌となり、櫛笥は亂れて海士の捨草となりつゝ、千歳のかなしび此の浦にとゞまり、素波の音にさへ愁多く侍るぞや」と誌してゐる。

他所はみな簡潔に敍した文中に、こゝばかりは殊にこま〴〵と想像さへめぐらして描いてゐる。中世の風雅の思ひはこゝに極るものである。俳諧の發想聯想を知る上でも大切なところと思ふが、まづ風雅の思ひの根源を知るべきであらう。

これが「笈の小文」の末尾であつて、これより芭蕉は杜國と共に引返して京都を指し、上京は四月二十三日であつた。芭蕉はさらに近江、美濃をへて尾張に出たが、杜國は伊賀から三河へ歸つてゐる。

さてこの「笈の小文」の、冒頭と最尾を對蹠すると、初めは「造化に從ひ造化にかへれ」と云ふ高踏から始り、最尾に於ては、纏綿とした歴史への回想に、物語的想像さへ盛に加へて、「素波の音にさへ愁多く侍るぞや」と結んでゐる。こゝに私の云はうとするのは、最初の「造化にかへれ」を、抽象的な禪家流の悟入の觀念論として解釋し、これを芭蕉の眞髓としてはならぬといふことである。その作品が情深く涙もろいといふことは、芭蕉の場合は、抽象的な藝術や人間性一般の觀念からきたものではない。又文藝の技巧でなく、彼の本心自然のあり方であつた。しかも個性でなく、傳統である。卽ち風雅の重大な肝心は、史蹟歌枕を訪れて、多情多恨の思ひにふけることである。彼の旅はさういふ己の心の中の歴史を、風景に見て詠歎する旅であつた。

「造化に從ひ造化に返れ」の語句を概念的に見、これから自然從應の心もちのみを抽象して、それを芭蕉の念願とすることに私は不贊成である。さういふ理論は決して彼の激しい詩を證明せぬし、彼の身を削るやうな旅の説明とならぬではないか。かういへば、芭蕉の「笈の小文」のみを見ても、そこに彼の矛盾があるではないかと云ふ者があるかもしれぬ。矛盾があるのである。けだしそれは彼の教養のひき起した矛盾である。しかもそれこそ時代の文學者としての悲しい事實であつた。さうして彼は、それを己一身のうける苦難として、雙ない激しい生涯を終へたではないか。彼は歌心によつて本質のものをあらはし得た至誠の詩人だつた。彼の歌心が自らに發し、この一點を己の中に指す瞬間に、彼は時代の粧ひを忘れ、あるひは時節の教養を一擲して、大聲無類に慟哭したのである。その瞬間には彼の知識は何の力もなく、何かの人間外の力の活動を思ふばかりであつた。さうして、この歌心の本有のものが聲たて、泣く時、人智を旨として測る矛盾といふものが彼にあはれるのは當然である。故にこの矛盾こそ彼のもつ詩人としての生命の永遠の證明である。

これは現れからみれば、同時代及びその以前の壯士調の談林にさへない大仰さであらう。この芭蕉の血脈の慟哭を解し得ず、これを己の時代の文學的世俗思想のみで測つたものは、例へば芥川龍之介のやうに、芭蕉の山師的大仰さと稱したのである。人間の至誠の情は、歴史の事蹟に於て絶對として描かれるが、これに泣く者のみが、誠心に涙しうる者である。芭蕉は造化に隨はうと己に教へつゝも、つねに多情の詩人の心は、歴史の風景を求めて、「千歳のかなしび」に耐へねばならなかつたのである。

こゝで芭蕉の須磨の記事を例として云へば、現實の海士のありさまに幻滅して、そこからひきかへす文人が、まづ第一の段階の人である。しかし芭蕉はそこで「猶昔の戀しきまゝに」と云うて、さらに苦しい路を登つた。この執心のあり方が、風雅の生理である。「笈の小文」の中心的な問題は、文學者としての自覺に立つて新しい文藝を志した芭蕉が、それを確立する場合の課題を考へた時、彼のもつた習慣上の知識と、心中に永い民族の血としてうけ傳へた歌心とが、ある距離をもつてゐたといふ事實にある。彼の慟哭はこゝに生れるのである。特にこの旅は、文人としての芭蕉が、彼の文學を俳諧として確立する大きい願望にあふれてゐたのである。しかも彼の時代的意識以上に、その內實にあつた血脈の如き歌心は、永久な生命に脈うつてゐた。

さうして我々はこの事實に當つて、彼の風雅論にある歴史感覺が、なほ平家物語的感覺ないし情緒といふものに、停滯してゐた事實を深く考へねばならない。これはまさに西行の文藝の原因となつた、保元平治のころの感覺の美化された狀態である。承久のことや、南山の悲史に對しては、「しのぶは何を忍草」といふより他のことばなく、彼にとつてはあまりに深刻であつたのだ。我々はこの眞の國史の深刻に對し、深刻に對決し得なかつたといふ事實を、中世近世の文學史的事實に見る。この意力の缺如こそ、まさにこの時代の文學の哀調の根柢を云ふ事實であるが、芭蕉の出てきた時代に於て、芭蕉もなほこの悲痛の事實の中にいきづいてゐたのである。さういふ中で彼の描いた文藝とその思想を見ると、我々はこれを悲しむ代りに、大いに歡喜して尊敬したい。時代も人もいきづいてゐたが、もう芭蕉の晩年の歌心の中には、古の太々しい氣力の萌芽が、本人さへ知らぬ形であらはれてゐるのを見るからである。

さうして我々の時代に於ては、芭蕉の風雅論の根柢たる歴史感覺を、正しく回想する方法を了知するといふことによつて、さらに一つ深い國史の感覺の回復を樂觀しても、今ではよいと思ふ。今日芭蕉を復興するといふ大眼目としては、かういふ形に伸びてゆく民族の心を思ふとき、芭蕉をそのありのまゝに生きかへらせることで十分だといふ私の信念は、こゝにあるのである。大なる芭蕉文學の諸相中の一二を今の世の思想から照明するといふ形の復興論ではない。從つて天明の俳諧復興に當つて、まづ「虛栗」と考へた人の氣持を、私は一應親しんだのである。

この風雅論の根據にある歴史感覺は、どのやうな過去の詩人の場合よりも深く激しく、思想的にも自覺されて、芭蕉に現れてゐるのである。もし芭蕉を以て、禪家風の悟りの人として見るなら、これは舊時代の末流信者たちの淺薄言に加擔する徒にすぎない。この間の事情はすでに「笈の小文」が明らかに誌し、さらに後の「幻住庵の記」に述べて、彼自らくりかへしたところである。芭蕉ほどの偉大な詩人が、何かの觀念的思想にたよつて生命の悟りを納得しようなどと淺々しいことを考へる筈がない。彼は禪家風の悟りなどによつて己と他を僞るにはあまりにも誠實な詩人であつた。それはけだし詩人の第一資格であつた。

彼は己のいのちといふもののあり方を歴史によつてあとづけて行つたのである。さかしらの私意によつて悟るのでなく、いのちのあり方と、いのちの生き方を知ることが、詩人の悟りである。しかしさういふ最も誠のある關心と考へ方によつてさへ、彼は殆ど中世以後の詩人の生き方の回想と實踐にとゞまつたのである。古道復古の思想の直前に出た彼は、まことに最後にして最大の人であつた。近世以前の詩人の中で、彼の思想の深さに及ぶ者はないのである。しかも中世詩人の傳統がもつてゐた重大な低さを思ふ時、それを大いにおぎなふに足る美しさは、この最後の人の慟哭によつて、ある旺んなものに變質したことがわかる。過去の傳統の人々は、彼によつてよみがへつたのである。私はこれを思うて、つねに傳統のありがたさを深く感じ、國の文學に流れる大なる力を思ふのである。深刻なものに深刻に對立するといふ神意の雄心にかけてゐた時代には、その代りにあくまで深く、醇乎たるみやこの文華を傳へるといふ點で、無類の强さと執拗さをもつてゐたのである。このみやびに現れた宮廷歸依の情こそ、如何なる場合にも尊ぶべく、文人はこれをいのちとするに足るものである。さうして今日にこの志をもつものは、必ず事理を歴史に於て明らめるに違ひないから、一きは高い形で、十分に中世詩人の情と志を、今日に生みなほすにちがひないと私は信じてゐる。その時に於て芭蕉の慟哭の根柢は大いに理解されるにちがひない。

匂附の問題

芭蕉の俳諧確立の理想は、既に「笈の小文」にも濃厚に出てゐるが、その實質が位置づけられたのは、やはり「奥の細道」と、それにつゞく「猿蓑」によつてである。この「猿蓑」は蕉門最高の撰集として、彼らの間ではそれを古今集に比してゐた。「猿蓑」がもつてゐる美的様相や、この集の撰の席上で語られた一種の合言葉は、蕉門の美的概念として、今日でも頻りに語られてゐる。

しかもこの集が何故急に「炭俵」へうつり、こゝで云はれた多くの美的概念が、輕みといふ語で統一されようとしたか。でなくとも、さう爲たいといふ意志が、芭蕉に現れたことは何によるか。これを俳諧樹立の根本問題としてみれば、大いに興味のある事實で、こゝで、獨逸風な美學體系を過大に尊敬するとか、近代の抒情風を至上と見る見方を排して、この移り方は、芭蕉に即して考へるのがよい。

この移行の原因は、「黄奇蘇新のたぐひ」をめざしたといふ點も多少はあつただらう。しかし「猿蓑」ののち芭蕉は、文學に於ても、日常の心の持ち方に於ても、氣持も心もすつかり行詰つてゐたのである。この心境をひらいた「輕み」とは何かは、もう少し先で云はう。

しかし俳諧を確立することは、黄奇蘇新だけでは何ともならないのはわかつてゐた。貫道する風雅の道に於て、何か獨自の世界を築くことであつた。それを、歌連歌の中にない、日常世界の詩美といふやうに考へてゐた。これは、傳統を墨守してゐた時代だから考へたことで、今ならことさら考へるを要しないことだといふのは、云ふ人があつてもよいが、さういふ云ひ方は事理をもう一段明らめた上で云ふ方がよいし、それを明らめると、その芭蕉論も多少變形すると思ふ。實際我々の經驗では、さういふ場合にさう云ふ人は、事理を極める代りに、他所にある手ごろの思想をかりてきて論じた。借りてきた思想の來歴を究めることもなく、相手を思ふ情など勿論ない。

「猿蓑」のやうな嚴肅な撰集に於て、しかもその指導理論としては、後鳥羽院や俊成以來の美論を立てたものだが、丈艸がこれに漢文の序を附して、「猿蓑者芭蕉翁滑稽之首韻也」と云ひ、滑稽といふ字を使つてゐる。この滑稽とか、俳諧といふことばは、多少今日の普通の語感と異り、これを今日の美學の方の言葉では何と云うてよいか、實に難しい。さび、しをり、細み、かういふ歌學に共通する類の美的概念の方は、今のことばとしてもずつと說き易いのである。芭蕉は風雅の傳統の道を心にしつゝ、俳諧を確立するといふ點に眼目をおき、それは心もちに俳境をうちたてる努力だつた。

さうした文學としての意識の濃厚さだけが、「猿蓑」の風を更に輕みの方へ一變させねばならなかつた原因だとは云へない。これは一時何ともなく抑へられてゐた傳統の方が、改めて強く意識されて、その方がつよく心境に出、一種の安心感を形成したことの現れと思はれる。文學意識の濃厚さから云へば、「猿蓑」は圓熟の極致かもしれぬ。しかしそこで考へられた文學意識と、及びその現れに問題があつた。奇しくも蕉門の同人が古今集に比したといふことが、今日では、その文學意識の氣構へや現れ方について暗示するところが多い。そこで風雅論の背景だつた歴史感覺を感慨する場合に、その現世的な文學意識と傳統的な道の思想との關係に於て、どちらが主でどちらが客となつたかといふことをもう一應考へてみたい。文學意識はいつでもそのまゝにしておくと、必ず濃厚になる性格をもち、主動的になる。さうしてそれがある段階にくると、もう何ともならぬ、ものを阻止する力となる。この關係は多少「奥の細道」時代を説明する事實である。

しかしさきの章で云うた、芭蕉の歴史感覺といふことから彼は、私の斷言した以上に、自由自在な大道へ、もう一歩入つた。これはしかし「猿蓑」時代でなく、もう少し後の、晩年の「輕み」の時代、芭蕉の安心が形の上へのし出してきてからのことである。この安心は、死生觀を教へられて安心するといふやうな安心でなく、どんな形で、どんなぶざまなていで死んでもよい、つながるべき一念につながればそれでよいのだ、と感じすて得るやうな大安心である。

だからこの安心は形の上では何ごとも云へない。云ふ必要がない。かういふ狀態は文學上にもあつて、「猿蓑」にはそれが云はゞ形として形成され、その往生の形を整へることに一心になつたものだつた。「笈の小文」はその意味でもなほ過程である。しかし「猿蓑」ののちになると、形をとゝのへる必要はない、ぶざまでもよいといふ大安心へ一歩入らうとした。これはかう云へば何でもないやうにひゞくが、私は何でもないやうに云ひつゝ、實に先人のあとを、あととして考へてゐても、涙が出てくるほどの思ひがするのである。すなほに一筋道をとぼ〳〵とゆるやかに歩いたのでない。その經路をみると、實に耐へがたいやうな苦惱にみちた苦鬪が、しきりに重ねられてゐたわけである。實に苦しい詩人の道だつた。これらをしみ〴〵思ふと、勿論先例のないことであつた。かりそめには先人の偉業を云々すべきでないと思ふが、あへて輕い口で筋を運ばうと思ふ。卽ち格に從ふところから入つて、やがて格を出たわけである。「猿蓑」のもつ問題は、往生際についての考察が主題だつたが、それにつゞくものは、さういふものを問題にしなくてよいやうな、――創造と生産の境地の自覺である。しかしこゝに來つてもなほ多少の概念論が現れる。我々はこれを辯證法として考へることを警しめておく必要があるのだ。

元祿二年芭蕉は四十六歲であつた。この年三月、七部集の第三に當る「曠野」が、やはり尾張の荷兮の撰で出るので、これに序を書いた。この集は部分けも整然としてゐて、撰集の形態のよくとゝのつた集だつた。發句には貞室、季吟から、宗祇、守武なども入つてゐる。この芭蕉の序をみると、尾張の人が初めの撰集に「冬の日」と呼び、ついで「春の日」を撰んで、冬の日のあとのかゞやきをひらきつゝ、今また「あら野」と題したことを、「春の日」に於ては、「さま〴〵なる風情につきて、いさゝか實をそこなふものもあればにや」と云うてゐるのは、あらかじめ芭蕉がこのやうに示唆したものであらう。

ところがこの三月初旬、芭蕉は深川の庵を人に讓つて、門人杉風の別墅に入つた。これは芭蕉が旅の人として殘りの生涯を送らうとした心持のあらはれだとも考へられるが、身邊に家族的な係累をもつやうになつたことも原因だと考へられてゐる。これは壽貞の子たちの關係によるものだが、このことについては、潁原氏の「芭蕉と壽貞」といふ情理をつくした文章があるが、この壽貞は芭蕉の正妻と呼ばれなかつた隱し妻であつて、猶子桃印とは芭蕉の二十歳ごろに、壽貞の生んだ芭蕉の實子であると云はれ、ついで壽貞は次郎兵衞を生み、まさ、おふうを生んだと想像される。この次郎兵衞は芭蕉の最後の旅に一緒だつた。其角の「芭蕉翁終焉記」に、元祿七年十月十二日芭蕉の遺骸を守つて、淀の川舟に一夜をあかした十人の連中の中に「壽貞が子次郎兵衞」との名が出てゐるのである。この壽貞とその子たちの事情は、芭蕉の文學の背景につねにつきまとつたことであらう。

元祿三年奥の旅につゞく芭蕉の不在中は、壽貞や桃印らが江戸にゐたことは明らかだが、その以前は確證がない由である。芭蕉庵を引拂つたことには理由があるのか、このころに普通の家庭を作らうとしなかつた芭蕉の心境はどこにあるか、彼が道のために旅に暮さうとした事實を、ことさら偶像視する必要はないが、また壽貞との關係に立脚して近代小說的に想像することも淺はかである。この壽貞のことについては、作品の上では殆ど一ケ所の他に云うてゐないから、このことについての芭蕉の心持は、俳諧にあらはれた彼の發想や聯想を克明に分析したなら、何か得るところがあるかもしれないと云へるだけである。

芭蕉が奥の細道を目ざして江戸を出たのは、元祿二年三月二十七日で、時に芭蕉四十六歳、同行は門人曾良。同年の九月初め美濃につくまでに、日數にして百五十日、行程六百里に及ぶ大旅行であつた。この旅行の紀行が有名な「奥の細道」である。しかしこの紀行に描かれたことと、事實のこととはまゝ異同があつて、これはどういふわけか、記憶の謬りか、あるひは紀行文の作爲か、原因は二つであらうが、自分は恐らく紀行文といふ形で、多少の作爲をしたものと思ふのである。

この紀行の冒頭は「月日は百代の過客にして、行きかふ年もまた旅人なり。舟の上に生涯をうかべ、馬の口とらへて老を迎ふる者は、日々旅にして旅を栖《すみか》とす。故人も多く旅に死せるあり。予もいづれの年よりか、片雲の風にさそはれて漂泊の思やまず。海濱にさすらへ、去年の秋、江上の破屋に蜘蛛の古巣を拂ひて、やゝ年も暮れ、春立てる霞の空に、白川の關越えんと、そゞろ神の物につきて心をくるはせ、道祖神のまねきにあひて、取る物手につかず、股引の破れをつゞり、笠の緒つけかへて、三里に灸すうるより、松島の月まづ心にかゝりて」云々と書き出してゐる。この冒頭は李白の文に「夫天地者萬物之逆旅、光陰者百代之過客」とあり、故人と云うてゐるのは、李白、杜甫、西行、宗祇等はみな旅でなくなつたと傳へてゐた。

この文章は有名な名文であるが、こゝに引用した部分の終りなど如何にも俳諧の文である。なほ「そゞろ神の物につきて心をくるはせ」といふのが、こゝで肝心のところだ。以前私の知人で、大陸の征戰に從つた者が、軍舍でこの文をよみ、感迫つて、つひに聲たて、泣いたと語つた。さうしてこの文章は、驚くべき雄心をわきたゝせるものであることを痛感したと云うたが、恐らく芭蕉がこれを描く日にも、やはり明日をさだめぬ身を観じつくして、たゞ雄心を振つて描いたものであらう。しかしその動因は、西行の歌枕を松島象潟《きさがた》に尋ねるといふ點にあつたものである。

この文章が今日の一人の兵士の士氣を鼓舞したか否かは、あへて何ごとでもないが、我々はこゝに現れた文學者の誠實の偉大さと、文人のをごころのあり方を味ひ、文學の大なる力を思はねばならない。少くともわが文學は、形の上の生命を思はずに大事に當る者の絶對感を鼓舞する何ものかの、大生命に結ばれたものでなければならぬのである。しかしさういふ文學の生れる根源は、作者がわがいのちのをごころをどのやうに振つたかの一事に歸決する。

雄心の極致は、顧みせぬといふことで、これは何ごとも思はぬといふ心である。しかしその狀態の中には、生命のさかんなものが、あくまで燃えたつてゐなければならぬ。それがなければ、ものを生むことはない。かうして生れたものが、ことだまのさかんなものを現す時、我國の言靈の旺盛なあらはれは、西洋美學の考へる空想や想像とは全然別箇のものである。その美學のいふ「空想」は人間外のものを說明することばにすぎぬからである。「造化にかへる」といふ眞髓は、この國ぶりにあるのであつて、「造化にかへる」といふのは、ある觀念上の形でなく、丈夫の雄心の極致に於て、生も死も思はず、しかも旺盛な創造の狀態に、心があることを云ふのである。これは又詩の昂揚の極致であり、慟哭がそれを現す。しかも芭蕉はある形の雄心のあり方を云うたのでもなく、雄心をもてと云うたのでもない。戰場の旅寢に明日を思はぬ丈夫の雄心を、わびさびの文學の中に描いたのである。これをよんでこのいのちの身振ひを思はぬ者は、恐らく未だいのちの雄心を持たないものであらう。さういふ人々は、芭蕉の旅の文學を見て、今日では無用のものと考へなくもないのである。彼らはわが言靈のいのちに通じないゆゑに、憐れむべき精神の生活しかなし得ないのである。

芭蕉は墨江を渡舟で千住に上つた時、「前途三千里のおもひ胸にふさがりて、幻の巷に離別の涙をそゝぐ」と云うてゐる。この旅のことについては「奥州長途の行脚たゞかりそめに思ひ立ち」「耳觸れて未だ目に見ぬ境、もし生きてかへらばと定めなき頼みの末をかけ」云々とある。今の旅でもさうだが、まして往昔の旅に於て、激しい生命の浪費と危險があつたのは當然であるが、しかしこれらの危險はあへて求めてするものではなく、かなたより來るものの自然の勢ひである。我國の古來よりの行脚のおきてには、身を危險から遠ざけ、つねに神佛を祈念せよ、山川草木神明ならぬものはないと教へてきたのが傳統だが、決してあへて冒險によつて人力の限りを試みよと教へたものはない。我が國の旅人のおきては、神明の道を求める點にあつて、人力を試み自然を征服することにあつたのではない。これは近代西歐のものである旅や登山の思想、卽ち冒險の思想や征服の思想とは大いに異り、根本の相容れぬものである。

芭蕉はついで下野の室の八島に木花咲耶姫神を拜し、その緣起を誌したのち、日光の町に泊り、佛五左衞門と云はれる宿の主人の噂をきゝ、「いかなる佛の濁世塵土に示現した」ものかと、よく注意してみると「たゞ無智無分別にして、正直偏固のものなり、剛毅木訥の仁に近きたぐひ、氣稟の淸節尤も尊ぶべし」としるしてゐる。それより二荒山に參拜し、二荒山が空海開基の時に日光と改めた由をしるして、「今この御光一天にかがやきて、恩澤八荒にあふれ、四民安堵の栖《すみか》穩かなり、猶憚多くて筆をさし置きぬ」と誌した。これは東照權現の威光を云うたと解釋してゐるが、この御光は家康のことを云ふのか、空海のことか、二荒大神のことか。かやうなことを緣起風に考へてゐた時代の故人の文章だから、自分はこゝも、芭蕉が二荒山の神や空海を主として、そこから始る東照宮緣起を構想したものと思ふのである。

ついで那須の黑羽《くろばね》を訪ひ、玉藻前の古墳を見たり、那須與市が扇の的を射た時に祈つた八幡宮に詣で、感應殊にしきりに覺えた。又修驗光明寺、雲巖寺なども訪れた。殺生石や西行の古歌の柳など、途中の神社古寺舊蹟もていねいに訪れた。かうして「心もとなき日數かさなるまゝに、白川の關にかゝりて旅心定りぬ」と誌してゐる。この「奧の細道」は名文である上に細心の文章であるが、この一行など實に、旅の心をよくうつしてゐる。これをよくよんで味ひ、かういふ心境を人生萬般の大事に用ひるやうにするがよいと思ふ。「造化にかへれ」といふ眞意は、かういふところから光明の如く動いてくるものであらう。

この發想の筋みちに、芭蕉の懸命になつた俳諧のみちがあると思ふ。禪にしても武士道にしても、その悟りを云ふ時に、この形のなつかしい人生と歷史の思想といふ筋みちはつけてくれない。この一事に於ても、道を云ふ上で、俳諧を懸命に守つた芭蕉の眞意が、私にはありがたく了解されるのである。芭蕉の大切にした俳諧の思想の根柢は、こゝにある。このやうに實踐原理を教へた思想としては、江戸時代に於ては、國學の次に位するもので、その人生の現實に卽した點では、禪や武士道の及ぶところではない。芭蕉を別にして日本思想を語り得ぬ理由である。

白河から先きも俳友を訪れ、黑塚、忍《しのぶのさと》里などの古蹟歌枕を眺めて、佐藤庄司の舊址に涙を流し、飯坂の溫泉の貧しい家の土座に莚を敷いて寢た夜は、蚤蚊にせめられ、あまつさへ雷雨にあうて雨漏りを防ぎきれず、つひに持病が起つて消え入りさうになつたが、翌日は馬をかりて出發した。しかしなほ昨夜來の苦痛は去らず、「遙かなる行末をかゝへてか、る病覺束なしといへど、羇旅邊土の行脚、捨身無常の觀念、道路に死なんこれ天の命なりと、氣力聊かとり直し、路縱橫にふんで、伊達の大木戸を越す」と書いてゐる。これも思ひつめた心をもつて、日々を大樣に生きてゐる人々の教訓となる描きぶりであつて、よくその間の事情と心持の動きが描かれてゐる。

これより藤原實方の遺蹟を訪れようとしたが、五月雨で道はぬかり、それに身心も疲れてゐるので、その遺蹟といふ蓑輪笠島を右に見たまゝですぎた。「奧の細道」には、この時自分も疲れて、雨中を訪ひ得なかつたやうに誌してゐるが、他の場所では、芭蕉はあくまで見たいつもりだつたが、曾良がどうしても行けないと云ふので、つひに見なかつたと云ふ思ひ出話が出てゐる。さうして道づれも時によると都合わるいこともある、といふことばで結んで、笠島を見なかつたことを残念がつてゐるが、この紀行の方には、思ふところあつて誌さなかつたのであらう。

これより武隈の松の歌枕を見、古の俤を止めてゐるのを喜びつゝ、「先づ能因法師思ひ出づ」と、陸奥とゆかり深いこの法師の名をしるした。ついで名取川を渡つて仙臺に入り、その近郊の古蹟歌枕をとひ、多賀城碑を見た。その碑文をうつしたあとへ、「聖武皇帝の御時にあたれり、昔よりよみ置ける歌枕多く語り傳ふといへども、山崩れ川落ちて道改まり、石は埋れて土にかくれ、木は老いて若木にかはれば、時移り代變じて、其の跡たしかならぬ事のみを、こゝに到りて疑なき千歳の記念、今眼前に古人の心を閲《けみ》す。行脚の一德、存命の悦び、羇旅の勞をわすれて、泪も落つるばかりなり」としるした。こゝには歌枕を訪ねることを生命としてきた、詩人の美觀の仔細が、殆どうつされてゐるのである。

歌枕に對する心は、近代の風土的風景觀を以てして全然理解されぬ理は、近代の登山觀によつて、わが近世までの旅びとの思ひが解かれぬことと同じである。歌枕をたゞながめる旅びとの心に描かれる美の世界は、執拗さから云うても、傳統から云うても我國獨自の文學であらう。しかも中世から芭蕉の出るまでの時代には、實にそれが文人の全生活だつたのである。さうした萬葉集、古今集の歌枕を訪ねる旅の詩人の先蹤として、西行が置かれてゐたのである。

我國の詩人の旅は、漠然とした旅の誘ひに導かれる旅でなく、歌枕をたづね歴史を歎く旅であつた。芭蕉の場合は、さういふ代々の詩人の思想を、近世の中頃に歩んだものだから、すでにその時代では、自身を最後の人と見る氣持を激しく描き出してゐる。さうした傳統の詩人芭蕉の美觀が、多分に古今集的であり、平家物語的であつて、人の世の歴史の歎きの方に濃厚だつたことは、また當然であらう。

歌枕古蹟を眼のあたり眺めて、「存命の悦び」を味ふ文人の心情は、實に我國の詩人の創造原理だつたが、この時の美觀については、對象判明であるが、その心裡の全構想の無限さは、今日普通の美學概念では全然云ひ得ないものである。しかも歌枕は、西行柳のやうな、道のべの一本柳のやうなものさへその一つとしてゐる。さういふものの由緒を傳へてきたといふことは、代々の詩人の功績だが、又同時に地方の風雅の士の力だつた。我々はこの事實に於て、驚くべき文學の歴史を考へるのである。

松島、象潟の美を傳承することは、まだしもさほどではない。偏遠の地に、西行の歌つた何でもない一本柳を傳承し、武隈の松を植ゑ傳へてきた事實は、そこを訪ふものに、泪を流させる。その事實が歴史であり、風雅である。芭蕉は殊さらにさういふ偏土の名所に、さゝやかな歌枕のあとを訪れようとしたのである。風流風雅はかうしたものであつた。その旅自身がわが千歳の文學の極致に結ばれる。偏土の歌枕をしたしく訪ふ志なくして、我國の文學の歴史や詩人の思ひを語る勿れといふことは、私の文學者的信念として、初めより持ちつゞけてきたものである。

芭蕉は鹽竈の浦へ入つて、海士のさまを見た時、古今集の「みちのくはいづくはあれど鹽がまの浦こぐ舟の綱手かなしも」を思ひ出したが、翌朝早く鹽竈神社に詣でた。「宮柱ふ

とし く、彩椽《さいてん》きらびやかに、石の階九仞にかさなり、朝日朱《あけ》の玉垣を輝かす。かゝる道のはて塵土の境まで、神靈あらたにましますこそ吾が國の風俗なれと、いと貴けれ。神前に古き寶燈有り。かねの戸びらの面に、文治三年和泉三郎寄進とあり。五百年來の俤、今日のまへに浮びてそゞろに珍らし。渠は勇義忠孝の士なり。佳命今に至りて慕はずといふ事なし。誠に人能く道を勤め義を守るべし、名も亦是にしたがふといへり」と誌してゐる。この社殿は慶長十二年に伊達政宗の修造したもので、和泉三郎は秀衡の三男藤原忠衡のことである。佳命といふのは、佳名といふべきところを、わざ〳〵佳命と記したのだらうが、慮の深いところである。

　芭蕉のしきりに口にした道德についての教へは、決してかりそめに思うてはならない。彼の道德の教へは、人生を思ひつめて、道に生きんとする者の志の發するところである。文人が道德の教へを失ひ、失ふのがよいと考へるやうになつたのは、十九世紀末期以後、文人の思ひつめ方が稀薄となつて、文學が墮落した時代の思想で、世紀末思想の一つである。しかし成金的成功者や成上り的榮達者らの、消化劑のやうな教訓修養講話と、激しい生命から發した火花のやうな道德の祈念と讚歌とを、明らかに區別するのは文學の務めである。

　芭蕉の俳句には、道德的なものや人生訓的なものが多いが、これは道を自ら行つた人の作品の當然のあらはれで、我々はつまらぬ寫實主義思想によつて、これらの大切で切實なものを見失つてはならない。偉大な詩人は、道を志して生きてゐるから、必ず道德の最も高度のものを念々とし、孤忠義臣の至情に泣く。さらに芭蕉の感動は歴史の故蹟に結びつく風雅だから、それが自ら教訓と道徳を描くのは當然である。

鹽竈に詣でた芭蕉は、海を渡つて松島へ出た。こゝはこの旅の一つの目標だつたのである。松島、象潟は陸奥千年の名所歌枕の雙璧である。一つは太平洋に面し、一つは日本海にあつた。しかし松島に行つた芭蕉は、こゝで句を誌さなかつた。このことが蕉門では一つの奥儀祕説となつたのである。「奥の細道」の本文には句はなく、松島の景を敍したあとへ、「ちはやぶる神の昔、大山祇のなせるわざにや。造化の天工、いづれの人が筆を揮ひ、詞を盡さん」と云うてゐる。この意を色々に考へ、奥儀として説くことが蕉門でも行はれたが、それらは如何かと思はれ、芭蕉はたゞ神代の昔、大山祇の神のなせるわざにやと感動したばかりである。

こゝよりさらに北に進んで、平泉を訪れた。この部分も亦名文として世に名高いところである。「三代の榮耀一睡の中にして、大門のあとは一里こなたにあり。秀衡が跡は田野になりて、金鷄山のみ形を殘す。先づ高館《たかだち》にのぼれば、北上川南部より流るゝ大河なり、衣川は和泉が城《じやう》をめぐりて、高館の下にて大河に落入る。泰衡等が舊蹟は、衣が關を隔てゝ南部口をさし堅め、夷を防ぐと見えたり。偖も義臣すぐつて此の城にこもり、功名一時の叢となる。國破れて山河あり、城春にして草青みたりと、笠うち敷きて時のうつるまで泪を落し侍りぬ。

夏草や兵どもが夢の跡

これは文體簡潔だが、地形を描いて手にとるやうである。しかもこの調子の高さの一因は、殆どことがらに關する敍述說明を省略し、同心の仲間によませる形で描いたからである。今日の讀書界の狀態はかういふ文章が描き難いありさまにあるし、又さういふありさまにしてゐる。卽ちこの文章は平泉の盛衰と地理を、ものの書でなり、何でなり知つた人を、相手にして描いた文章である。さうでなければ、この第一句から第二句へのうつりや、先づ高館にのぼればといふ先づと云つた語の感覺は、作者の思ひに沿つて感銘され難いものであらう。ところが今では文學といふものと、旅行案內や人生案內的道學書とのけぢめがない狀態で、文人はものを描かねばならぬ。しかしそれはそれとして工夫の餘地のあるところである。

なほ一言云ひたいことは、近世以後のわが文學に於て、文學的に趣味の高尚なものをめざした高級の文章の中には、俳諧的な發想を加味して、內容を密にしてゐるといふことである。この點は今日の文章道を云々する人々に、多少心がけてもらひたいと思ふ。我々は正統漢文くづしの文章を描かうとするのでもなく、又歐文調をくづして描くのでもない。正統的に發展してきた和文の、あらゆる長所をとつて描きたいのである。こゝに具體的な問題を云へば、歐文飜譯調では、わが國の文學を敍し得ぬし、國定の歷史教科書風の文體でわれらの史論を描けば、近世國學者の到著した國史論は、これらの文體ではうつし得ないことが知られる。これは一二例である。蕉風俳諧の美學を云々することは、今日さかんに行はれてゐるから、芭蕉のつくつた純粹にして旺んな發想と、所謂うつりや匂ひといふものや、附け方の諸説が、どういふ傳統と文化の地盤から生れ、どういふ形で近世以後の和文をさかんにしてゐるかを考へるべきである。これらのことは、芭蕉がほしいまゝにつくつたのではなく、芭蕉は現實にあるものを文學の上で正したのだからである。

芭蕉は平泉から山を越えて出羽へ出た。やうやくにしてこの難路を出て、尾花澤の清風の宅へ入つた。「彼は富める者なれど、志いやしからず、都にも折々通ひて、さすがに旅の情をも知りたれば」云々と誌されたこの人は、紅花の問屋だつた。この間に立石寺をとひ、

閑かさや岩にしみ入る蟬の聲

の俳境をしるした。この近くの大石田では、貞門、談林の兩派が行はれてゐて、これと云ふ道しるべとなる者がない、なほ停迷してゐる狀態だから、「わりなき一巻を殘しぬ。此の度の風流こゝに至れり」。こゝから最上川を下る時、

五月雨をあつめて早し最上川

ついで羽黑山にのぼる。羽黑山の緣起をしるして、延喜式とか、風土記と云うてゐることは、どういふわけか、みなそれらの書に見えない。多分寺坊で聞いたことを正さずにしるしたのであらう。ついで月山、湯殿の三山を登つた。これも非常な難路である。それから酒田に出、ついで象潟へと步を入れた。

「江山水陸の風光數を盡して、今象潟に方寸を責む」と云うてゐるのは、象潟が最後に眼ざす場所だつたから、文章にも自ら願望達するに近いといふ勇みが出たわけである。「其の朝、天よく霽れて、朝日はなやかにさし出づるほどに、象潟に舟を浮ぶ。先づ能因島に舟

をよせて、三年幽居の跡をとぶらひ、むかふの岸に舟をあがれば、花の上こぐとよまれし櫻の老木、西行法師の記念を殘す。江上に御陵あり、神功皇后の御墓といふ。寺を干滿珠寺といふ。此處に行幸ありし事いまだ聞かず、いかなる事にや。此の寺の方丈に座して簾を捲けば、風景一眼の中に盡きて、南に鳥海天をさゝへ、其の影うつりて江にあり、西にむや〳〵の關路をかぎり、東に堤を築きて秋田にかよふ道遙かに、海北に構へて浪うち入るゝを汐ごしといふ。江の縱横一里ばかり、俤松島にかよひて又異なり。松島は笑ふがごとく、象潟は怨むがごとし。寂しさに悲しみを加へて、地勢魂をなやますに似たり」

この象潟の地には、神功皇后が三韓凱旋の御歸途こゝに上陸遊されたといふ傳説があつて、色々の傳承がある。干滿珠寺は皇居山蚶滿寺で、慈覺の開基と云はれてゐる。西行の歌櫻といふは、今も蚶滿寺に殘り、この櫻については、その花瓣の一片をもつてゐると學校の成績がよくなるとか、緣結びの護符となると云うてゐる。今のは何代目かの櫻でまだ稚木である。古の象潟は淺い海で直徑一里餘の中に、島は九十九、潟は八十八と云はれ、海への出口が開いてゐたが、文化元年六月四日の夜、鳥海山を中心とした大地震のため、湖底忽ち隆起し、湖水は海に流れおち、一夜にして陸となつた。爾來百年餘、今見る象潟はすつかり耕されて、そのあとに能因島を初め八十八島のいくつかが、田の中の丘として殘つてゐる。だから芭蕉が訪れてから二百五十年餘の今日では、もう象潟は俤をとゞめない。「松島は笑ふがごとく、象潟は怨むがごとし」と云ふ名句も、今は見る由がなく、その地に臨むとまことに感迫る流轉の相が思はれ、大山祇の神わざ、眼のあたりに感動せしめられる。

田の中に残る丘には、多少古の島の俤が思はれると云ふと、案内の利巧さうな小僧が、五月雨がつゞいて、田一杯に水の漲つた頃の寫眞を出して見せた。これはまことに一見して海と島との景觀だが、その寫眞の中央に電柱の立つてゐるのが、實景では眼にさはらなかつたのに、こゝでは一きはわびしく思はれた。しかし我々も時あれば五月雨の降りつゞいたころに、この寺を訪れて、能因島のさまも見るべく、芭蕉の古を多少しのびたいと思うたのである。

なほ餘談だが、象潟の貞女紅蓮の物語は、この地と松島を結ぶもので、このやさしい女の操高い物語が、東北の二つの代表的名所歌枕の地を結んでゐるのは、まことにめでたい。松島の軒端の梅の物語だから、誰でも知つてゐることだが、その物語の主である紅蓮尼が、象潟の人であることは、松島と象潟が二つ竝んで東北の名所であつたころには、今より深く人の心を美しくうつたであらう。松島は今も文雅を思ふ人で訪はぬものはないが、象潟の方は今では殆ど人に知られなくなつたのである。

象潟を終りとして、芭蕉は再び酒田に出、佐渡島を眺めてその悲史を回想しつゝ、親知らずを越えた。そのころの一夜の泊りに、伊勢に詣でようとして新潟から出てきた二人づれの遊女と遭つた。女たちは旅の心細さを語つて、見え隱れでよいから、後をつけさせてくれとたのんだ。芭蕉は不便のことと思ひつゝも、「我々は所々にてとゞまる方多し、只人の行くに任せて行くべし、神明の加護必ず恙なかるべし」と云ひすてて、しかし「哀れさ

暫らく止まざりし」と云うてゐる。この時の句

一家に遊女もねたり萩と月

「曾良に語れば書きとゞめ侍る」とあるのは、曾良も哀れに耐へなかつたのであらう。それより伏木、金澤へ出た。

塚も動け我が泣く聲は秋の風

あか〳〵と日はつれなくも秋の風

これらの慟哭の句からは、芭蕉の心中にこめられた、長い代々の人々の思ひが、時を得て吐かれるに類したものを感じる。ついで太田神社へ詣でて齋藤實盛の甲と錦の切を見た。これは實盛討死の折に、木曾義仲が願狀と共にこの社に奉納し、緣起によると樋口次郎の使した由も出てゐる。「まのあたり緣起に見えたり」と芭蕉はつよく描いてゐる。又甲のことを「げにも平士の物にあらず。目庇《まびさし》より吹返しまで、菊唐草の彫りもの金をちりばめ、龍頭に鍬形打ちたり」としるしてゐる。

むざんやな甲の下のきりぎりす

これも激しい慟哭の句である。都へ近づくに從つて慟哭の情がますのは、史蹟がみな切實だからであらう。私はこの句をよむと今も心中で泣ける。實盛討死の條は、遠い子供心に知つた日から、私の心を離れぬことの一つであつた。この時實盛の有樣を報告した木曾の家來の言葉「雜兵かと思ふと鎧の下に大將軍の衣裳をしてゐる、大將かと思ふとつゞく家來がない、顏をみれば老けてゐるが、髮髭は若者のやうに黑い」これは私の悲しい記憶

であると共に、將來も人生を鼓舞する記憶となるであらう。

私らも今日では、この老兵の身だしなみを、身の上に切實にせねばならぬ日に來たのである。以前はをかしみの中に悲しみのかげを見たが、今はこのかなしみを嚴肅な信條とせねばならぬと決心してゐるのである。この心持のもち方の移り方は、必ずしも芭蕉によつて教へられたのでなく、世の動きと、わが人生態度より得たのであるが、こゝに到つてほゞ芭蕉の慟哭の眞意に到るものがあるのでないかと、ひそかに味ふのである。

芭蕉はそれより山中溫泉へ出たが、曾良が病んだので、先に伊勢長島へ歸した。そして大聖寺、吉崎、松岡と泊りを重ねたが、この間は金澤の北枝が師の伴をした。それより永平寺に詣で、福井に出て、連歌師で俳人だつた等栽といふ老隱士を訪れた。彼は以前江戸の芭蕉庵を訪うたこともあつた。「名月は敦賀の湊に」と云うて旅立つと、等栽も「裾をかしうからげて、路の枝折《しをり》とうかれ立つ。」十四日の夕暮、二人は敦賀に着いた。その夜はよい月夜だつたので、氣比神社へ夜參りした。

しかし翌十五日は朝から雨で、名月は見られなかつた。十六日は霽れたので濱遊びをした。やがて門人路通の出迎へをうけ、美濃大垣に入ると、曾良も伊勢からこゝへやつてきて、越人は名古屋からくる。その他大垣の門人が多數集り、「蘇生の者に逢ふがごとく、かつ悦びかついたはる。」九月三日だつた。しかし芭蕉は「旅の物うさもいまだ止ま」なかつたけれど、伊勢の遷宮を拜したいため、九月六日にはもう舟で揖斐川を下り大垣を去つた。こゝで「奥の細道」の紀行は終つてゐる。なほ念のために云ひたいことは、大垣の門弟はみな大垣藩士で、これまでに出た俳諧の仲間にも士人が多く、一概に俳諧は市民文學だと考へて了ふのは早計である。この紀行中に出る門人にも士人が多く、中には家老のやうな者もあり、その他以前士籍の人も多い。曾良も長島藩士の出である。

たふとさに皆押合ひぬ御遷宮

御遷宮拜觀の句である。「泊船集」を見ると、「内宮はことをさまりて外宮の遷宮拜み侍りて」と詞書がある由である。遷宮を拜した後また伊賀に歸り、二箇月滯在ののち、十一月に路通と共に奈良をへて京に入る。去來の落柿舍に遊び、轉じて湖南に赴き、膳所で年を送つた。

元祿三年正月には湖南から伊賀に歸り、二月再び伊勢に參宮す。三月又膳所に出で「洒落堂記」及び、「木のもとに」の歌仙一卷をなす。四月國分山の幻住庵に入る。六月湖南の同人の間で「ひさご」成る。七部集の四である。八月山冷のため義仲寺の無名庵に移る。このころ凡兆、去來らがしきりに往來したのは「猿蓑」の編撰のためだつた。十一月ごろ又伊賀に歸り、師走大津に出てこゝで越年した。

この旅中に出來た「幻住庵記」は芭蕉の思想を云ふ上でも大切なものだが、三通あり、これについて支考の評によると、落柿舍にある一つは文章の無用をすぐり、次に「幻住庵賦」といふ名で通つてゐるものは、花美をそへたと云うてゐる。第三のものは「猿蓑」に入れられたもので、これは「文章の花實をと、なふ」と支考が評してゐる。この評は大體當つてゐて、初めよりの順に删正を加へて「猿蓑」所載の一篇となつたものと思はれる。

しかし前二篇と最後の一篇とでは、大いに面目を異にし、意力のある删正のあとがのぞまれた。

この三體は文章を學ぶ上で參照すべきものであるが、初稿「幻住庵記」と「幻住庵賦」とでは、まづ「奥の細道」の旅のことより筆を起し、「猶うとふ《善知鳥》啼そとの濱邊より、ゑぞが千しまをみやらんまでと、しきりにおもひ立ち侍るを」といふやうな句は、初稿にも賦の方にも見えてゐる。「猿蓑」の方は一般に行はれてゐるもので、「石山の奥、岩間のうしろに山有、國分山と云。」のかき出しである。

この文章の末尾は、風流の思想のあり方を示す大切なものだから、少し引用して、三稿の變化を示したい。しかし文學者が文學に現す思想とか發想の問題としては、この一部分の引用で不便だから、流布本について見られたいと思ふ。こゝにひくのは「猿蓑」所載のものにもとづく。

「晝は稀々とぶらふ人々に心を動かし、あるは宮守の翁、里のをのこども入り來りて、ゐのしゝの稻くひあらし、兎の豆畑にかよふなど、我々が聞きしらぬ農談、日既に山の端にかゝれば、夜座靜かに月を待ちては影を伴ひ、燈を取つては罔兩に是非をこらす」（「猿蓑」所載第三稿）

「晝は宮守の翁、里の老人など入來りて、ゐのしゝの稻くひあらし、兎のまめばたにかよふなど、我聞きしらぬはなしに日を暮し、かつはまれ〳〵とぶらふ人々も侍しに、夜座靜かにして影を伴ひ、罔兩に是非をこらす」（初稿）

「晝は宮守の翁、坪の里人など入きたりて、ゐのしゝの稲くひあらし、兎のまめ畑にかよふなど、我聞しらぬ咄に日を暮し、かつまれ〳〵とぶらふ人も、夜座しづかにして影をともなひ、罔兩に對しては是非をこらす」（「幻住庵賦」）

これをみれば、必ずしもものさびた文體をめざして朱筆を加へたとは云へぬ。たゞきづくところは、芭蕉の俳諧文らしいものの味ひが知られることである。芭蕉の個性的文體に現れたものを、文章として修め、さらにそれを芭蕉の考へる形にと、のへるといふところが、多少察せられるかと思ふ。傍點は著者の心得に附したものである。

「かくいへばとて、ひたぶるに閑寂を好み、山野に跡をかくさむとにはあらず。やゝ病身人に倦んで、世をいとひし人に似たり、つら〳〵年月の移りこし拙き身の科《とが》を思ふに、ある時は仕官懸命の地をうらやみ、一たびは佛籬祖室の扉に入らむとせしも、たどりなき風雲に身をせめ、花鳥に情を勞じて、暫く生涯のはかり事とさへなれば、終に無能無才にして此の一筋につながる。樂天は五臟の神をやぶり老杜は痩せたり。賢愚文質のひとしからざるも、いづれか幻の栖ならずやと、思ひ捨て臥しぬ。

　先づたのむ椎の木もあり夏木立」（「猿蓑」所載）

この部分は一般に芭蕉の最も大切な思想の一つとされてゐるが、この無能無才云々の所は「笈の小文」にも出てゐる。尚この部分を別稿で見ると、大部に異つてゐる。

「かくいへばとてひたぶるに閑寂を好み、山野に跡をかくさむとにはあらず、たゞ病身人に倦んで世をいとひし人に似たり。などや法をも修せず、俗をもつとめず、いとわかき時よりよこざまにすける事侍りて、しばらくしやうがいのはかりごととさへなれば、終此一筋につながれて、無能無才を恥るのみ。勞して功むなしく、たましゐつかれまゆをしかめて、初秋半に過行く風景朝暮の變化も、また幻のすみかなるべしとやがて立いでさりぬ」（初稿「幻住庵記」。落柿舍傳來のものかと云ふ。）

「幻住庵賦」は大體この初稿のまゝだが、多少異るところだけを誌すと「魂つかれ眉をしはめて、秋も半に過行まゝ、風景朝暮の變化とても、又たゞまぼろしの住ゐならずやと、やがて此文をとゞめて立去りぬ」この二本には、「椎の木」の句はない。こゝにかういふまぎらはしいことを誌したのは、文學者の描く思想は、どんな形で、はじめて生きた力ある思想としてあらはれるかといふ點について、考へたいからである。又言靈の力といふことを考へて欲しいし、所謂思想家といふ徒が、思想を描く場合とでは、かなり異つたことを考へた時に、初めて文學者の思想が生きたものとしてあらはれるといふ點をさとつて欲しい。文人の苦心と工夫をかりそめに思ふなといふことも、ついでに云ふのである。この三體に於て、思想の力が異つてよむ者に働くといふ點を悟つてくれるとよい。言靈のさかんな力が、この異りの原因である。言靈の力が、人の考へた思想より偉大であるとの意味は、こゝでその一端を察しうる。

「幻住庵記」は元祿三年の秋の作らしいが、元祿四年の春は、大津、伊賀を往來し、その間に薪能を見た時分に奈良へ行つた。芭蕉の後年の有力な作品は、みな上方《かみがた》で作られたこととなる。このころには新しい風體の俳諧を云ひ、不易流行をあからさまに口にし出したのは、去年の奥の細道の旅の後と云ふ。これを見ると初めは何ともない意識から、流行の中にゐたが、途中で不易の道に懸命になり、やがて不易流行を口にするやうになつたのは、一面蕉門の徒を指導する上で、こゝで不易と流行とを竝べる必要を味つたのであらうが、大様の自信の發生によると思へる。しかも自信は自覺に由來するものである。

かうして芭蕉は元祿四年四月十八日去來の嵯峨の落柿舍に入り、五月四日にこゝを出たが、その間の日記が、「嵯峨日記」である。

この日記の初めには、芭蕉がその庵にそなへたものの品名が出てゐる。「机一ッ、硯、文庫、白氏集、本朝一人一首、世繼物語、源氏物語、土佐日記、松葉集を置く。幷唐の蒔繪書たる五重の器にさま〲の菓子を盛り、名酒一壺、盃を添たり。夕の衾、調菜の物共、京より持來りて乏しからず。我貧賤をわすれて清閑に樂む」とあつて、白氏集は「白氏文集」のこと、松葉集は全國名所の歌を集めた歌枕集である。

この日記には當時の芭蕉の日常がよく描かれてゐるが、そのうち彼の心境にわたる部分を引用しよう。二十二日は朝の間雨が降り、淋しきまゝにむだ書をして遊んだ。その時に誌した文章をひくと

「喪に居る者は悲をあるじとし
酒をのむ者は閑をあるじとす
愁に住する者は愁をあるじとし
喪に住するものは喪をあるじとす

さびしさなくばうからまし、と西上人のよみ侍るは、さびしさをあるじなるべし。又よめる。

山里にこは又誰をよぶこ鳥

獨すまむとおもひしものを

獨住む程おもしろきはなし。長嘯隱士の曰く、客は半日の閑を得れば主は半日の閑を失ふと。素堂此の言葉を常に憐れむ。予もまた

うき我を淋しがらせよかんこ鳥

とは、ある寺に獨居て云ひし句なり。」

この喪に居る者云々は、傳寫のうちに幾通りにもなつてゐるやうであるが、こゝへは一般にあるものをあげた。「喪に居る者は悲をあるじとし、酒を飲ものは樂をあるじとす」の二句をのみ誌し、そのあとへ西上人云々と續けたものもある。西上人云々は「山家集」の「とふ人も思ひたえたる山里の淋しさなくば住み憂からまし」次のは「山里にたれを又こは呼子鳥ひとりのみこそすまんと思ふに」を少し違へてゐる。

二十七日には、「人不來、終日得閑」と誌し、二十八日には杜國の夢のことを書いてゐる。「夢に杜國が事をいひ出して、涕泣して覺む。神心相交時は夢をなす。陰盡きて火を夢見、陽衰て水を夢みる。飛鳥髪をふくむ時は飛鳥を夢見、帶を敷寢にする時は、蛇を夢見るといへり。睡枕記槐安國、荘周夢蝶、皆其理有て妙をつくさず。我夢は聖人君子の夢にあらず。終日妄想散亂の氣夜陰に夢むにこそ。誠に此ものを夢見ること所謂念夢也。我に志深

く伊陽舊里迄したひ來りて、夜は床を同じう起臥、行脚の勞をともにたすけて、百日が程かげのごとくにともなふ。ある時はたはぶれ、ある時は悲しび、其の志我心裏に染て、忘る丶事なければなるべし。覺て又袂をしぼる。」これは日記中で最も長く、他にも例の少い文章だが、これが芭蕉の情である。

また二十九日の記事には、一人一首中の高館の詩を評して、その詩が其の地の風景に叶つてゐないことを云ひ、「古人といへども、其地に至らぬ時は、叶はないものである」と評してゐる。草莽の文人が、勇敢に古人の作をその眞價によつて批判し得るに到るのは、國學創始期ごろからで、それまでの人々は、此場合の芭蕉のやうな心構へで、誌されたものをまづありがたがつてゐたのであつた。貞德がはかない繪草子を見ても、その作者に一ぺんの回向をなすべし、と云うたのは、さういふ時代の思想をよく現してゐる。このやうな氣持の上で、「古今傳授」などが傳へられ、國學が起るまでは、誰もこれを正しく批判し得なかつたのである。

この年七月三日に七部集の第五「猿蓑」が出來た。京都の去來、凡兆の撰で、丈艸が漢書の跋をなして「猿蓑者芭蕉翁滑稽之首韻也、非レ比ニ彼山寺偸レ衣、朝市頂レ冠笑一、只任ニ心感レ物寫レ興而已矣」と云うたが、まことに蕉門俳諧中の最高作品をなした。山寺朝市と云ふのは、猿が終南山の僧衣を着て坐禪し、沐猴冠を着けて朝市に立つたとの故事で、これは滑稽の一つの形であり根據だが、蕉門の滑稽が、か丶る舊來のねらひの外にある點を云ふのである。かうして「冬の日」の第一聲は尾張で生れ、最高峰は京洛の地で作られ、いづれも江戸の舊門弟は關與してゐない。

まことにこの集は圓熟の極致で、恐らくわが文藝の最高なものの一つであらう。舊來の俳諧が「物附」ないし「心附」を主としたのに對し、こゝで芭蕉は「匂附」を完成した。物附といふのは前句の中のことばの縁にたよつて附ける。馬とあるのに將棋とつける類で、心附といふのは前句全體の意をくんでつけるのである。ところがこの集で芭蕉は匂附といふべきを完成した。「蕉門俳諧語錄」に發句は昔から種々に變つたが、「付句は三變なり、昔は付物を專とす、中比は心付を專らとす、今はうつりひゞき匂ひ位を以て付るをよしとす」このうつり、ひゞき、匂ひ、位については、今日も美學的に色々に說かれてゐるが、ともかく、寂、栞、細みを旨とする芭蕉俳諧はこゝに完成したわけである。

この匂附といふ思想は、わが文章の古來よりの性格の一つだが、後代の文章の趣味に大いに影響し、この趣味を解さぬと、我國の文章は味ひ足りぬと思ふ。やはり「俳諧語錄」の中で、「附句は大木を倒すがごとし、鍔もとに切こむ如し、付ごゝろは薄月夜に、梅の匂へる心地こそめでたけれ」とある。この匂附や附方の心もちは、文章の趣味の高雅の中に傳つたが、匂附の原因としては、上方の會話や發想にあつたのである。ひつきやう上方の文化の、日常に於けるあり方や現れ方といふ、生命をもつたその動作を考へて生れたものであらう。熱田俳諧は上方系だが、多少東へ傾いてゐる。上方の座談では、物附や心附では滑稽や洒落とはせぬやうな深みがあつたのである。

だから貞德が駄洒落の根本は、歌連歌の門に入らしめる方便だと考へたのは、大いに意のあるところであつて、それが芭蕉の匂附になると「連歌附」といふやうなものより、廣い世界へ出た。廣い世界は生命の自在に振舞ふ世界である。この芭蕉の匂附の眼目は、前句全體のもつ匂ひに即して付ける。これは一つの生命につながつたものの上で、一つの大なるいのちの千變萬化を以て附ける。たゞその附方には技巧と心掛があるわけで、そのことがさきの大木をきり倒す如く云々などの形で説かれた。しかしこれは技巧的な附方による調和よりも、すでに大なるものとしてある天造の秩序の美をみいだす方へと働かねばならぬ。

　前句があれば、それに對して動かし難い附句が必ずあるといふ信念は、大なる自然の神ながらの秩序の上で考へられる。うつり、とか、にほひ、ひゞき、これらはみな人爲的な藝術思想でなく、自然な言靈美の思想である。さういふもの故、他人の言外の思ひや願望やあこがれを、汲みとるやうに附けられるわけである。うつりとは一句の情趣から、次へ自然に移るといふ意味である。こゝに於て、野ざらし以來の道への關心は、言靈の風雅の背景の中に、大なる神の自然の秩序を見るところへ出てきた。さうして芭蕉は俳諧の名で開いたみちを、この時にしみ〴〵と尊く思つたと思ふ。

　鳶の羽も刷《かいつくろひ》ぬはつしぐれ　　去來
一ふき風の木の葉しづまる　　芭蕉
股引の朝からぬるゝ川こえて　　凡兆
たぬきをおどす篠張の弓　　史邦

まひら戸に蔦這ひかゝる宵の月　蕉

人にもくれず名物の梨　來

この去來の發句の如きは、永徳描く名畫に髣髴たるものがあるではないか。この他「市中は」の巻にしても、「灰汁桶の」の巻にしても、讃嘆禁じ難いものである。しかし芭蕉の心持はこゝに止つたものではなかつた。その心持の轉囘は所謂「輕み」であるが、この輕みの生れてくる經由は、「去來抄」などに見える、この撰集の苦心のあとが却つてよく示してゐる。

卽ち彼はあくない苦心によつて、附句を發見しようとして努力し、あらゆる句を嚴選し批判した。それは嚴肅な道の信念に立脚した働きだつたが、嚴肅な道を守るといふことと、自分のした努力の間に、卽ち自然と人工の間の大問題に逢着した。道はいよ〳〵太く旺んに一貫してゐたのである。さうして彼は嚴肅な努力に倦み疲れたのではない。道のための一段の工夫を考へつゞけてゐたのである。しかしその嚴肅な比類ない努力の中で、言ふに云はれぬ大なる自信を得た。そこに「輕み」を工夫する素地があつた。

それはもはや人工的な發見の努力ではなく、神人一體への參入の工夫であつた。わが國に傳はる美の大なるみちへ參入し、それにつながるものとして、芭蕉は俳諧を一段と無技巧の大様さにまで工夫したのである。當時は歌道は雄心を失つて衰へてゐたから、まさに起らうとする國學を別としては、芭蕉ほどに深い志から、日本文藝の眞義を考へて、行つてゐた文人思想家は他になかつたのである。歌の形でなく、その心を俳諧に貫くための工夫が、かうして「猿蓑」のさきになほもあつた。

これを他面から云へば、「野ざらしの旅」で眼を開かれた詩魂は、歌枕を訪ふ艱苦の旅に現身を追ひ立てたが、その心は「猿蓑」に結晶し、今や己のうけつたへた清純な歌心の生き方に思ひをこらす時がきた。この歌心は中絶えたことなく、その指すまゝに、現身の人生の苦難と悲哀に耐へて成長してゐた。生き方として外に求めた歴史の風雅は、本來我うちのいのちの原理だつたことを考へたのである。

輕みと慟哭

元祿四年八月二十八日湖南を出發し、海道の所々に立ち寄つて、江戸に着いたのは、十一月一日であつた。芭蕉庵はさきに人に與へて了つたので、橘町に假寓を見つけた。三年ぶりの江戸だつた。多少感じてゐたことだが案の定に、江戸の門人たちは「猿蓑」を心よく思はなかつた。彼らには「猿蓑」のもつ根柢が理解されず、その眞姿がわからなかつた。其角の如きはすでに芭蕉の心持を「あだに怖しき幻術也」と蓍來の言ひ廻しで考へたにすぎない。その幻の思想もその思想の用ひ方も、外來思想を多少滑稽にもぢつたにすぎない。しかし江戸の多數の門人に「猿蓑」の趣意がわからぬのは當然であつた。第一本質がわかりかねる上に、三年もの久しい間、この偉大な師から離れてゐたのも不幸な原因だつた。しかしかういふ中で芭蕉が「輕み」を工夫したのは、江戸の門人の俳諧觀に妥協しようとしたのではない。却つて江戸の連中は一層不滿であつた。芭蕉はもつと大切な問題を一人で考へてゐた。

當時の芭蕉の周圍が、必ずしも快適でなかつたことは、元祿五年二月八日曲水にあてた手紙によつてもわかることである。「風雅の道筋、大方世上三等に相見候」といふ所謂「三等之文」は、世の俳諧者を三等に別ち、今日誠の道に心をかたむけてゐる者は、都鄙を通じても十人もないと云ひ、又路通の還俗のことにふれて、常の人が常のことをなすのに、何の驚くこともない、彼がさういふ人なることは、三年もまへから知つてゐたなどと、さまざま激昂したことを云うてゐる。かうした俗事のわづらひもあり、他にも身邊の理由があらうが、大體その沈思工夫が元祿五年、六年の創作活動を抑へてゐたのであつた。そしてその間に、二三の哀れな文章をなしてゐる。その一つは「栖去之辨」である。

「こゝかしこうかれありきて、橘町といふところに冬ごもりして睦月、きさらぎになりぬ。風雅もよしや是までにして口をとぢむとすれば、風情胸中をさそひて物のちらめくや風雅の魔心なるべし。なほ放外して栖を去、腰にたゞ百錢をたくはへて柱杖一鉢に命を結ぶ。なし得たり風情終に菰をかぶらんとは。」これはどういふ目的で書いたかは、さしあたりのめざすものはわからない。たゞかういふ危い心境にゐたのである。かういふ激しい昂奮を描いたといふことは、今日よんでも悲痛である。

時に芭蕉四十九歲、世の常の雄心では描けるものでない。あまりにも若々しい、しかもまざまざとした老成の葛藤である。風雅の魔心とは何か、これもつひに芭蕉がかういふものを知つたといふより他ないのである。これを理解するには、己のある時に、これが風雅の魔心かとさとる以外に、決して理窟の上で豫め納得しておくすべもなく、また必要がない。恐らくは、口をとぢんとするまでの間に考へられてきた風雅は、所謂「思想」であり、今日の美學でも解釋し得る。そののちの胸中の風雅の魔心はいのちのものである。卽ちさきの「思想」を生んだ代々の詩人に傳はるいのちである。だから肝心はこゝにあるが、これは詩人の創造力によつて教はるより他ないものであらう。なほこの末句はまことに放埒なことばで、危機をかくまで昂つた壯々しいことばに現すことは、芭蕉に於ても他にその例が少い。しかし作句の方にはもつと危いものもあるが、勿論現れはあらはでない。

この「栖去之辨」は春頃の作らしく、ついでこの年の五月「芭蕉を移す詞」を書いた。これは門人たちが舊庵の近くに新しく立ててくれた庵へ、舊庵の芭蕉を移す時の辭である。この芭蕉は長い留守中も人々に世話を賴んでおいたもので、それについて、旅中の細々した心遣ひを描いてゐるところにも心をうたれるが、こゝでは終りの方の堅いところだけを引用する。「其葉廣うして、琴をおほふにたれり。或は半吹をれて鳳鳥の尾をいたましめ、青扇破て風を悲しむ。適々花咲どもはなやかならず、莖太けれども斧にあたらず。かの山中不材の類木にたぐへて其性たふとし。僧懷素はこれに筆をはしらしめ、張橫渠は新葉を見て修學の力とせしとなり。予其二ツをとらず、唯此陰にあそびて、風雨に破れやすきを愛するのみ」と結んでゐる。唐人懷素は家が貧しうて紙を購ひ得ず、この葉に手習して書家となり、宋人張橫渠はこの木の新葉のさまを見て、修學の心をはげましたが、芭蕉がこれらの教へはいづれもとらぬと云ふのは單なる文飾でなく、さういふさかしらの教への僞りの多さが、もう滑稽とするに耐へがたかつたからであらう。戲作調もこの式の云ひ方をする。芭蕉の考へた道德は、大きい自然《おのづから》の道に隨ふことにあつたが、これは戲作調にも一脈を通じる。

卽ち芭蕉の「輕み」の考へは、これを一言で云へば、後の國學の人々の「おのづから」の思想と、大本で通ずるところまできてゐる。本居宣長の思想に、殆ど近いところまできてゐたのは、國學以外の文學の方では、大體芭蕉一人だつたのである。思想として教へられたことを口にする程度のことなら、こゝでは私はこれをまことの文學者の思想と呼ばないのである。

この「芭蕉を移す詞」の他に「移芭蕉辭」といふ文章があつて、これは別箇のものだが、やはりこの時の作で初句が注目される。「胸中一物なきを貴とし、無能無智を至とす。無住無庵又その次なり」。これは「栖去之辨」とほゞ同じ頃の作だから、對應させると興味がある。ついで七月に「閉關之説」を草したと云はれてきたが、この「閉關之説」の執筆については翌元祿六年だといふことを證する眞蹟が出た。

この元祿六年の作では「柴門ノ辭」をまづあげねばならない。「許六離別詞」の題で、
「去年の秋かりそめに面をあはせ、ことし五月《さつき》の初深切に別ををしむ。其わかれにのぞみて、ひとひ草扉をたゝいて終日閑談をなす。其器、畫を好む、風雅を愛す。予こゝろみにとふ事あり。畫は何の爲好や、風雅の爲好といへり。風雅は何の爲愛すや、畫の爲愛すといへり。其まなぶ事二にして、用をなす事一なり。まことや君子は多能を恥と云れば、品ふたつにして用一なる事可感にや。畫はとつて予が師とし、風雅はをしへて予が弟子となす。されども師が畫は精神微に入、筆端妙をふるふ。其幽遠なる所、予が見る所にあらず。

予が風雅は夏爐冬扇の如し。衆にさかひて用る所なし。たゞ釋阿、西行のことばのみ、かりそめに云ひちらされしあだなるたはぶれごとも、あはれなる所多し。後鳥羽上皇の書かせ給ひしものにも、これらは歌に實ありて、しかも悲しびをそふると、のたまひ侍りしとかや。さればこの御言葉を力として、其の細き一筋をたどりうしなふ事なかれ。猶、古人の跡をもとめず、古人の求めたる所を求めよと、南山大師の筆の道にも見えたり。風雅も又これに同じと云て燈をかゝげて、柴門の外に送りてわかるゝのみ。

元祿六孟夏末　風羅坊芭蕉述」

この文章は師弟の情愛が深くにじみ出てゐて、心をうつ名文である。「かりそめにあひて深切に別を惜む」といふやうな句も、ありがたいことばだと思ふ。文中にもあるやうに、在府中の森川許六が入門したのは、昨元祿五年八月九日で、桃隣の紹介であつた。しかも切々と弟子に教へることばの中に、又同時に芭蕉が己の心志に向つて、一心に云ひきかせてゐるやうな響をもち、そのころの心境の切なるものも察し得る。さればこゝに、芭蕉の藝道思想の眼目はふくまれて、この一文を含味すれば、殆ど芭蕉の精神と志を盡してゐるといふ感がする。なほ許六に與へた詞には、その出發に當つて送つた一文が別にあつて、その中には「己が心をせめて、物の實をしる」といふやうな文言があり、この己が心をせめるといふことは、「後に笈をかけ草鞋に足をいため、破笠に霜露をいとうておのれが心をせめて」なすところの歌枕の旅である。

「閉關之說」は、眞蹟の證に從つて、この年の秋とする。なほこの年の春には猶子桃印が三十餘りで死に、それを悲しむ芭蕉のあはれな手紙がある。既に云ふ如く桃印は芭蕉の實子だらうと云はれてゐる。「閉關之説」の文は、

「色は君子の惡む所にして、佛も五戒のはじめに置りといへども、さすがに捨てがたき情のあやにくに、哀なるかた〴〵もおほかるべし。人しれぬくらぶ山の梅の下ぶしに、おもひの外の匂ひにしみて、忍ぶの岡の人目の關ももる人なくば、いかなるあやまちをか仕出でむ。あまの子の浪の枕に袖しをれて、家をうり身をうしなふためしも多かれど、老の身の行末をむさぼり、米錢の中に魂をくるしめて、物の情をわきまへざるには、はるかにまして罪ゆるしぬべく、人生七十を稀なりとして、身盛なる事は、わづかに二十餘年也。はじめの老の來れる事、一夜の夢のごとし。五十年、六十年のよはひかたぶくより、あさましうくづをれて、宵寢がちに朝おきしたるね覺の分別、なに事をかむさぼる。おろかなる者は思ふことおほし。煩惱增長して一藝すぐるゝものは、是非の勝る物なり。是をもて世のいとなみに當て、貪慾の魔界に心を怒し、溝洫におぼれて生かす事あたはずと、南華老仙の唯利害を破却し、老若をわすれて閑にならむこそ老の樂とは云べけれ。人來れば無用の辨有。出ては他の家業をさまたぐるもうし。孫敬が戶を閉て、杜五郎が門を鎖《とざさ》むには、友なきを友とし、貧を富りとして、五十年の頑夫自書、自禁戒となす。

あさがほや晝は鎖おろす門の垣　はせを」

この文中のくらぶ山とは古今集に「梅の花匂ふ春べはくらぶ山やみに越ゆれどしるくぞありける」により、南華老仙とは莊子のこと、孫敬は常に戶を閉ぢて讀書に暮し、杜五郎

は三十年門を出なかつたと云ふ。

　さてこの文章は輕いといふには事柄の深いものがあり、全體としてこれほど世俗的な低い關心で描かれた芭蕉の文章は少い。こゝにあるやうな危機とは、今までに云うたやうな、大なる力による混沌をはらむ危機でなく、自身の低調の認識に立脚するものである。教訓道徳は大體芭蕉の好むところだが、かつてそれらは激情のほとばしりとして好まれ、人爲的な善行美談に對しては峻烈なほど批判的であつたが、この文中にはさういふ俤がなく、すべてが低い認識によつてゐる。事實はその後人に會はなかつたわけでなかつたが、さうした願望を云ふ文章としても實に低い調子が眼につく。

　恐らく身邊の事情、門下との人事的關係から出たものであらう。もしとるべきところといへば、非常に嫌なものに直面して、拗くそれに反撥しつゝ、他を顧みて云うやうな、もの云ひをしてゐることが、あり〳〵感じられる點だが、それさへ低さを悉くは救ひ得ない。しかしこゝで彼は何に憤つて、このやうにやりきれない思ひをあからさまに思はせる文章を書いたのか。第一色は君子の惡む所云々といふ書き出しは、何を感じてのものなるか。これを想像すると實に複雜に身邊の情と周圍のもつれが想像されるのであるが、自分はさういふ類の小說を、こゝに描かうとするのではないから、元祿七年六月八日附猪兵衞宛の手紙を註として云ひ、他はあへて云はない。又ある想像によつて狀況の沈痛を考へても、やはり低調そのものを救はぬのである。但しこの文の終の俳句一つは、全文の低調弛緩を救ふに足る點、さすがに文學の手だれの描いたもので、これあることが、この文の救ひの大半の理由となつてゐるのである。

元祿五年六年七年といふ頃は、芭蕉の身邊周圍は必しも好ましい狀態でなく、むしろ不幸のいまはしい影が多い。それは老年に及んで如何ばかりかと思へるものであつた。その狀を歲旦吟によつて代表させたいと思ふ。

人も見ぬ春や鏡のうらの梅（五年）

年々や猿に着せたる猿の面（六年）

蓬萊にきかばや伊勢の初便（七年）

七年の元旦には、初めてこんなめでたい句を作つて祝ひ心としたのである。祝ひの句だが、天地ひらける感がしたのであらう。さきの二つは何とも云ひやうのない句である。しかし現實を強くこらへたものはにじんでゐる。苦難を己一身にうけて、己を責める心が現れてゐるのであらう。その頃の句で沈痛のものをみると、

青くてもあるべきものを唐辛子

けふばかり人も年よれ初時雨

鹽鯛の齒ぐきも寒し魚の店

あさがほやこれもまた我が友ならず

金屛の松の古さよ冬ごもり

煤掃は己が棚釣る大工かな

五年六年の句が半々である。しかしこの沈痛が「輕み」の原因でない。むしろ心のうち

の思ひに、外面の不幸が加重してきたのである。かつての慟哭を、改めてしみ〴〵した老心で反省するといふ氣持もあつた。さうして以前の慟哭を十分に承認しつゝ、心のうちで泣くものの聲を、もつと輕々と、迫ることなく、芭蕉はありのまゝに描く工夫に入つた。この時に危機を脱出するのである。不幸は人を低調にするが、悲壯にもする。「柴門辭」と「閉關之說」の二つを見て、この事情を考へるがよい。しかし芭蕉はつひに危機を超えたのであつた。

いろ〳〵の不幸は、かくて沈痛をへた慟哭を描かせるやうになる。已一身にうけ、已一人に耐へ、その上でなすにまかせる。さうした時の慟哭のあらはれを、さらに深い自然さに於て悟るやうになつた。實盛の遺品の甲の下のきりぎりすをみて「むざんやな」と口から出たのはたしかだつたし、絕對である。しかしそれが「青くてもあるべきものを唐辛子」といふ境地を云ひうる土臺の上にあつたかどうか、私はやはりなかつたと斷定したい。こゝは私も事實は知らぬ。しかしこの斷定をありがたく思ふ。芭蕉の思想はかういふ方へ入つたのである。「閉關之說」あたりの低調なものに、彼は耐へ得た。これに耐へたのは永い過去の經歷の苦鬪の結果である。

かうして「蓬萊に聞かばや伊勢の初便」の句が生れた。この句は正月の蓬萊山を見てゐる時自然に生れた。しかも下句は慈鎭の「このたびは伊勢に知る人音づれてたよりうれしき花柑子かな」によつてすら〳〵と出てきた。蓬萊も目のまへの正月の飾り、元旦の第一に眼につく風物である。この句は大切な句だから少し說明する。

この句については江戸の門人も色々に論じ、芭蕉はこの由を京都の去來へ手紙で傳へ、この句を何と聞くかと、彼の意見と解釋を問ひ合せた。それに對し去來の意見は「都故郷の便ともあらず、伊勢と侍るは元旦の式の今様ならぬに、神代を思ひ出でて、道祖神のはや胸中を騷し奉るとこそ承り侍る」と云うてきたので、芭蕉はこの去來の解釋をよろこんで「汝聞く所に違はず。今日神の神々しきあたりを思ひ出て、慈鎭和尚の言葉にたより、初の一字を吟じ侍るばかりなりと也。清淨のうるはし、神祇のかう〳〵しきあたりを、蓬萊に對して結たる迄也。汝が聞る所珍重と也。」と答へた。慈鎭云々といふのは、平素から口にしてゐる慈鎭の歌のことばをそのまゝ用ひたとの意で、去來が道祖神云々まで口にしたのに對して、芭蕉はこの點を何ら云はなかつた。しかしこれはさすがに誠實な去來の達眼であつて、去來は、久しく停滯してゐた芭蕉の心のうちに、生々と動いてきた、ありがたいものを感じたのである。「蓬萊に對して結たる迄也」といふのは、何の作爲工夫はなかつたといふ意で、「汝が聞る所珍重」といふのは、去來の解釋に滿足したのである。

芭蕉が去來にこれを問ひやつたのは、「猿蓑」の責任者の理解をさぐるためといふ一つの理由があつた。同時にこの開眼の反應を知ることも一因だつた。しかしさらに大きい理由は、この句を以て「炭俵」の春發句の初めにおき、「炭俵」の主唱とする志があつたからであらう。

かうして「炭俵」に現はさうとする「輕み」が、自信と大安心に立脚したものであるといふ私の見解は、その大安心の根柢について、さらに一層明白になしうる。この初便りの句によつて、その輕みの立脚しうる大安心の根柢を、歴史の中心を貫く道として悟つた。風雅論の歴史的限界はこの「輕み」に於て殆ど撤回せられた。しかしその日の芭蕉は、あと一年の生命にもめぐまれてゐなかつたのである。恐らくこゝに到つた俳諧の生命は、誰にもうけつがれないであらう。これが改めて芭蕉の慟哭となつた。長い三十年の經過は、いつの場合も變形でなく、かうした悟りである。大なる力にふれて、自らにわが心の窓がひらくやうなものである。さうしてその時になつて、やはり芭蕉は、この心境こそ中世以來の詩人の悲願だと考へた。私はこゝをありがたく思ふのである。
「炭俵」をひらくと、その開巻は野坡との兩吟歌仙である。「梅が香にのつと日の出る山路哉」といふ太々しい立句が芭蕉の名で出、野坡が「處々に雉子の鳴立つ」とうけてゐる。この受け方も、萬物自然の理をあらはして陽氣で雄々しい。

梅が香にのつと日の出る山路哉　芭蕉
　ところ〳〵に雉子の鳴立つ　野坡
家普請を春の手透《てすき》に取付いて　同
　上《かみ》のたよりにあがる米の値《ね》　芭蕉
宵のうちはら〳〵とせし月の雲　同
　藪越《やぶごし》はなす秋のさびしき　野坡
御頭《おかしら》へ菊貰はるゝ迷惑さ　同
　娘を堅う人にあはせぬ　芭蕉

「猿蓑」が永徳の名畫から初つたのに對し、これは太陽の昇天から始つてゐる。このところ難解のところは何らないと思ふ。「梅が香」の句は「蓬萊に」の句の心に對應するやうな作で、のつと日の出たところが、天然をありのまゝに云うて、その勢ひ天然の妙をつくし、のつといふ普通に用ひる言葉の用の太々しさは比類ない。その山路に雉が立ち、村落からは手斧がひゞいてくる。ありがたい天惠の人事萬物に及ぶ風情だ。そこへ、上方《かみかた》からの便りでは今年は米價がよくなるさうだといふ、百姓にとつて有難い話。ところで米と云へば先づ思ふのは、初秋の天候。「宵のうち」とつゞけてそれを出したのも、百姓のつゝしみ深い生活面を示して、まことに高雅でしかも現實に卽して暖い。附句でそれを、農作の出來ばえや明日の天候を藪越しに話してゐるさまに見立てた巧妙さ。さらにその話の内容を、お頭から菊を所望されてなうなどといふ噂にした。しかしその話手は、それによつてお頭にとり入らうなどといふ狡い考への全然ない好人物で、一人娘をまじめな若者にかたづけた、と付けてゐる。

これは「猿蓑」とは別の趣きがあつて、「猿蓑」の素質はなほ巧緻洗練を準備したものだが、それを一變して天然自然に深めようとした點が明らかだ。江戸の古い連中は其角などでさへ、後になつても、こののつと日の出るといふことの美しさがわからなかつたと私は見る。さうしてこの「炭俵」を見てゐると俳諧の七分は殘つてゐると、芭蕉が云うたといふ傳承が抽象的なものでなく、あり〳〵わかるのである。この「梅が香に」の巻は元祿七年二月に出來た。さうして元祿五、六年、四十九歳から五十歳にわたる間の芭蕉の消極面といふものは十分に考へる必要がある。それはかつて經驗しなかつた深い危機で、それをきりひらいたものが蓬萊の句だと考へるのである。しかしこの開眼にあふべき理由を、己の上にもつてゐたとの意味はさきにも云うた。

芭蕉はこの年五月十一日に江戸を旅立つて故鄕をめざした。このさき正月二十日猿雖宛の手紙には西上を傳へ、二月二十三日曲水にもその由云ひやつてゐた。途中例の如く立ちよる先々に立ちより、二十八日上野についた。閏五月には湖南を巡つて洛西落柿舍へ入り、六月初めは京にゐたらしく、壽貞が江戸で死んだのは此頃である。六月中は殆ど大津に滯在。この二十八日に江戸の門人野坡、利牛、孤屋の撰で「炭俵」が出た。七部集の六である。七日は盆會のため鄕里にかへり、壽貞のために祈つて「數ならぬ身となな思ひそ魂祭」と吟じた。この頃兄の半左衞門は芭蕉の爲に自宅後園に無名庵を建ててくれた。二月ほどこゝにゐた。八月九日去來宛の手紙には大坂行を延期した事情を云ひ、併て伊勢參宮の意をもらしたが、九月八日大坂へと向つた。

この最後となつた旅の目的については、西國の旅に出ると云うてゐるだけだが、四國九州の歌枕を訪れ、桃隣の云ふところでは、「長崎にしばし足をとめて、唐土舟の往來を見つ、聞馴れぬ人の詞も聞かん」との意向があつたと云はれてゐる。この旅には、支考、惟然、次郎兵衞を伴ひ、まづ奈良へ出て九日夜大坂についた。この十日京の去來へ金子二歩の無心を言ひ送つてゐる。

十三日には住吉に吟行し、

此の秋は何でとしよる雲に鳥

と深刻な歎きを歌つたが、句がら題材はこともない眼前の景物を黠じた。十八日には美濃の如行への手紙の中で播磨路へ入る希望を云ひ、二十三日には兄半左衞門宛に近況を報じ、二三日中に長谷名張越で參宮すべき由を云ひ送つてゐる。又二十五日には膳所の正秀への便りの中で、近々對面すべき由云ひ送つた。ところが二十七日に園女亭の句座に出席したが、越えて二十九日夜より激しい泄痢で臥床した。十月五日には花屋仁左衞門方に移り、近畿の主だつた門人に通知した。この臨終のさまは、其角の「枯尾花」の「芭蕉翁終焉記」、支考の「笈日記」の「難波部」、路通の「芭蕉行狀記」等にしるされてゐる。花屋へ芭蕉をうつすと共に、近畿の門人に病狀を急報したが、この夕はや、安堵、翌六日も同じく快く、芭蕉は體を少し起したが、見る者には「影もなくおとろへはて、枯木の寒岩にそへるやうにおぼえて、今もまぼろしには思はるれ」と支考は誌してゐる。七日朝には湖南の正秀が夜船で第一番に到着す。芭蕉はたゞ一言もなく泪をおとした。それと一足違ひで去來が京都から到着、その夕、乙州、木節、丈艸等大津の連中が到着し、平田の李由も來る。中にも去來は到着以來病家から一足も離れなかつた。

八日、之道が住吉へ祈願に詣でた。その夜芭蕉は看病の呑舟を呼んで、「旅に病で夢は枯野をかけ廻る」を示し、そのあとで支考を呼んで、これと共にもう一句「……なほかけめぐる夢心」と案じたがいづれがよからうか、と云うた。支考は別案の初五をきゝ、とり得なかつたが、病人に問ひかへすのをためらつて、たゞ結構ですと答へた。支考はあとでこの初五をきゝとらなかつたことを後悔してゐる。
またこの時芭蕉は「生死の轉變を前におきながら、ほつ句すべきわざにもあらねど、よのつね此道を心に籠て、年もや、半百に過たれば、いねては朝雲暮烟の間をかけり、さめては山水野鳥の聲におどろく。是を佛の妄執といましめ給へる、たゞちは今の身の上におぼえ侍る也。此後はたゞ生前の俳諧をわすれむとのみおもふは」とくりかへし〳〵云うた。
しかし九日服用ののち、また支考を呼んで、「これは去來にも云うたことだが」と前おきしつゝ、「此夏嵯峨で吟じた大井川の句をおぼえてゐるか」と問うた。「大井川浪に塵なし夏の月」と支考が芭蕉のその時の句を吟じると、「その句園女が白菊の塵にまぎらはし、是もなき跡の妄執とおもへば、なしかへ侍る」とて、
清瀧や波にちり込青松葉
と訂正した。園女の云々といふのは、大坂の園女亭でした句會の時の作で、
白菊の目に立てて見る塵もなし
園女をほめた句である。しかも前句を訂正した意力と關心は、重患瀕死の老人のものとは思へない。三句を併せよんで、ほと〳〵頭の下る思ひがする。
十日夕方から容態が惡化したので三通の遺書をしるした。又形見わけのさしづもした。この夜ふけ、枕もとに侍つた者らが、俳諧の將來のことを聞くと「されば此道の吾に出て後三十餘年にして百變百化す。しかれどもそのさかひ眞草行の三をはなれず。その三が中にいまだ一二をもつくさざるよし、唇を打うるほし〳〵や、談じ申されければ、やすから

ぬ道の神なりと思はれて、袖をぬらす人殊に多し。」（「笈日記」）
十一日の暮に其角が何も知らないでやつて來た。「いとちぎり深き事なるべし」と支考も云うてゐるが、當時其角は和泉の方を旅してゐたが、花屋からのたよりはとゞかない。心にかゝることがあつたので、偶然に來會せたのである。しかし其角が芭蕉を見た時は「いよいよたのみなくて、知死期も定めなくしぐるゝ、」（「芭蕉翁終焉記」）この朝から芭蕉はもう食をとり得ず、夜中には木節に藥をことわり、その後はたゞ水で口をぬらしてゐた。その夜丈艸が「うづくまる藥のもとの寒さかな」と吟じ、一同も一句づゝものした。

「十二日、されば此叟のやみつき申されしより飲食は明暮をたがへ給はぬに、きのふ十一日の朝より今宵をかけてかきたえぬれば、名殘も此日かぎりならんと、人々は次の間にい（居）な（竝）みて、なにとわきまへたる事も侍らず也。午の時ばかりに、目のさめたるやうに見渡し給へるを、心得て粥の事すゝめければ、たすけおこされて、唇をぬらし給へり。その日は小春の空の立歸りてあたゝかなれば、障子に蠅のあつまりい（居）けるをにくみて、鳥もちを竹にぬりてかりありくに、上手と下手のあるを見て、おかしがり申されしが、その後はたゞ何事もいはずなりて、臨終申されけるに、誰も〳〵茫然として終の別とは今だに思はぬ也」と支考はその日のことを記録してゐる。臨終は申の刻ばかりであつた。

　遺骸はその夜長櫃に入れて、商人の用意のやうにこしらへ、川舟にかき乘せて、去來、乙州、丈艸、支考、惟然、正秀、木節、呑舟、次郎兵衞、其角の十人が附添ひ「苫もる雫、袖寒き旅ねこそあれ、たびねこそあれ、とためしなき奇緣をつぶやき、坐禪稱名ひとり〳〵

に年ごろ日頃のたのもしき詞、むつまじき教をかたみにして、俳諧の光をうしなひつるに、思ひしのべる人の名のみ慕へる昔語りを今さらにしつ」と其角は誌しつゝも、もしこれが奥州の旅先などのことだつたなら、などと考へつゝ、深き心のしるべでこの機にあへた幸ひを思ひなぐさめてゐた。

遺骸は伏見から義仲寺へ移した。十四日に葬式を營む。招かざるに會する者三百餘人あつた。十八日には湖南江北の門人の手で無縫塔を立てて、面に芭蕉翁の三字、背には年月日時をしるした。「又墓のさまについては、「門前の少引入たる所に、かたのごとく木曾塚の右にならべ、土かいをさめたり。おのづからふりたる柳もあり。かねての墓のちぎりならんと、そのまゝに卵塔をまねび、あら垣をしめ、冬枯のばせをを植て名のかたみとす」と其角がしるしてゐる。

今年春二月「梅が香に」の歌仙をなし、五月十一日江戸を出て、十月十二日まで、五月の間を旅に暮して、つひに旅の詩人は浪花の旅舍に歿した。「須磨明石の夜泊、淡路島の明ぼの、杖を引はてしもなく、きさがたに能因、木曾路に兼好、二見に西行、高野に寂蓮、越後の縁は宗祇、宗長、白川に兼載の草庵、いづれも〳〵故人ながら、芭蕉翁についてまぼろしにみえ、いざや〳〵とさそはれけん、行衞の空もたのもしくや」と其角が悼んでゐる。門弟子らは墓側に七日間こもつてゐた。

しかし芭蕉最後の俳諧の心から、すでに江戸の其角や嵐雪は離れてゐた。ことばになるまへに輝いてゐる「輕み」の心は、光明に似てゐる。その現し方あり方を、芭蕉は「輕み」

と云うたにすぎない。

麥の穗を便りにつかむ別れ哉

最後の旅に江戸を出る日、江戸の人々にあれこれの形見などを與へたが、後から考へると思ひ當るやうな門出だつた。その時人々は川崎まで送つてくれた。この時の別れの句である。俗諺の聯想はあるが、麥の穗は眼前實景である。別離の心を云うてわびしい。この「麥の穗を」から始るこの旅の句には、淸吟哀切胸をつくものが多い。

五月雨や空吹き落す大井川

朝露によごれて涼し瓜の泥

秋近き心の寄るや四疊半

稻妻や闇の方行く五位の聲

空吹き落すの想は、心に思ひつめたしこりのある者の泣聲である。また道を思ふ者の若々しい意力である。以前の慟哭はこのやうに變つてきたのである。朝露の淸爽、秋近き心の哀切、稻妻の肅殺の美しさ、しかも聲を闇にをさめてゐる意趣の深さ、まことにいづれも末代稀有の高風である。

此の道や行く人なしに秋の暮

この秋は何で年よる雲に鳥

秋深き隣は何をする人ぞ

旅に病んで夢は枯野をかけ廻る

これらの句から、我々は芭蕉の最後の年の思想を知るのである。「所思」と題された此の道やの歎きは、長い歴史の詩人の總ての歎きを身一つにした慟哭でないか。彼は何かの思想によつて、孤獨閑寂の流浪を求めたのではない。彼の見る耿々の道は、長い悲史を貫く先人のいのちの道であつた。しかも今やその道を守るものは彼一人である。すでに其角や嵐雪さへ離れてゐた。「炭俵」を編むについても、芭蕉は古い著名の門人を措いて、福井から江戸へきてゐた野坡らを督勵してこれを完成した。「虚栗」の他は、「冬の日」「猿蓑」といふ蕉門に大切な撰集は、いづれも久しくなじんだ門人の外で作られたのである。この事情の中に彼の悲しみを見るべきである。それは一人で守らねばならぬみちであつた。さりながら思へば、故人もみなその生きた日に一人で守つた道であつた。

この秋はの深いいのちの歎きは、五十一歳の芭蕉にとつて二つとない秋であつた。「秋深き」の人情と自然の一體化には、近世文學の到着した極致を描いてゐる。このなつかしさを味ふところに、われらの國土の生活がある。「笈日記」にこの句九月二十八日夜の作と云ふ。卽ち病臥以前最後の作、この隣りといふのは、我家の隣りでなく、たまく訪れた人の家の隣家である。夜の思ひがことにあはれに耐へない。旅に病んでの句は今改めて云ふを要しない。

かうして「輕み」を云ふ根柢の大自信と大安心に結ばれた芭蕉は、つひに沈痛な慟哭を描き出した。かつての慟哭でもない、中世詩人の嗚咽でもない。それは永い世々の詩人のみちを生きた芭蕉の、獨自の涙もろさから生れた、全く新しい慟哭の文藝であつた。「輕み」

と「慟哭」が、どういふ形でつながれるかを思ふものは、「此の秋は何で年よる雲に鳥」のもつ大なる歎きの中に、萬代の青春をして、その心魂を氷らせるやうな沈痛の雄心を味ふべし。これは旅中閑寂隱者の概念で考へてはならぬものであらう。けだし我らの隱遁詩人は、餘りある雄心を生きた者であり、その末派亞流の如きは云ふに足らぬ。この句一つ、無聊の隱居翁の口吟と解する者は、「此句はその朝より心に籠めて念じ申されしに、下の五文字、寸々の腸をさかれける也」と苦吟の事實を云ひ、またつゞけて「されば此秋はいかなる事の心にかなはざるにかあらん」と疑つた支考にも恥ぢねばならない。去來、丈艸の如き忠實無比の門人さへ、晩年最後の芭蕉の志からはなほ遠いところにゐたやうである。

しかし「輕み」を考へつゝ、「梅が香にのつと日の出る」心持にまでたどりついた芭蕉も、その最後の慟哭の中にさへ、內容の豐かさを棄てきれぬ人であつた。悲しみも豐かだといふ、歷史感覺に立脚した感慨は、私のありがたく思ふところである。さりながら、我らの上代の人々の泣き方は、又別にあつたといふことを、今は悟るであらう。しかしこれを如何にすべきか、この人を如何にかせん。

芭蕉晚年の「輕み」の思想が立脚するところを思ひ、しかもその慟哭の現實を思ふときにも、彼の以前のあはれに同感の囘顧を禁じ難い自分は、已れも亦きびしかるべきものに對しつゝ、その悲しみの中に、なほ美しさの豐なるものを味ふさまに驚き、更にわが現身の未熟を凝視する。これを文人詩人の負目として鞭うつわれ人に、今日こそその資格あらしめ給へ。

芭蕉略年譜

此略年譜ハ本論通讀ノ際ノ栞トセラルベシ。

正保元年（甲申）　一　歳
○松尾與左衞門三男トシテ伊賀國上野ニ生ル、月日不明。

承應二年（癸巳）　十　歳
○此頃上野ノ藤堂良精嗣子良忠（俳號蟬吟）ノ學友トナル。
△松永貞徳歿（八十三歳）

寛文四年（甲辰）　二十一歳
○重頼撰「佐夜中山集」ニ二句入集。宗房ト名ノル。

寛文五年（乙巳）　二十二歳
○蟬吟主催ニテ貞徳十三回忌追善俳諧ニ五吟ノ百韻一巻興行ス。宗房附句十八。

寛文六年（丙午）　二十三歳
○蟬吟歿後鄕里ヲ出奔シ、上京シテ季吟等ニ學ブトイフ。在京五六年トイフ。
△蟬吟歿（二十五歳）

寛文十二年（壬子）　二十九歳
○「貝おほひ」板行。
○江戸ニ出ル。
△石川丈山歿（九十歳）

延寶三年（乙卯）　　三十二歳
○五月宗因中心ノ俳席ニ出、桃青ト號ス。
延寶四年（丙辰）　三十三歳
○「江戸兩吟集」ナル。
○夏鄕里ニ歸ル。
○季吟撰「續連珠」ニ入集。
延寶五年（丁巳）　三十四歳
○「六百番俳諧發句合」ニ加ル。
○此年ヨリ江戸小石川ノ水道工事ニ關係ス。（延寶八年迄トイフ。）
延寶六年（戊午）　三十五歳
○「江戸三吟」ナル。
○言水撰「江戸新道」ニ入集。
延寶七年（己未）　三十六歳
○言水撰「江戸蛇之鮓」、才麿撰「坂東太郎」ニ入集。
○桃青萬句興行ヲナストイフ。
延寶八年（庚申）　三十七歳
○「桃青門弟獨吟二十歌仙」ナル。
○「田舍の句合」・「常盤屋の句合」刊。

○冬、深川芭蕉庵ニ移ル。
△後水尾法皇崩御（御齢八十五）
△松江重頼歿（七十四歳）
天和元年（辛酉）　三十八歳
○言水撰「東日記」桃青發句十五入集。「枯枝に烏のとまりたるや秋の暮」ノ句アリ。
○七月「俳諧次韻」刊。
天和二年（壬戌）　三十九歳
○大原千春撰「武藏曲」ニ芭蕉ノ號初メテ見ユ。
○師走二十八日芭蕉庵類焼ス。依テ翌年夏マデ甲斐ニユクトイフ説アリ。
△西山宗因歿（七十八歳）
△山崎闇齋歿（六十六歳）
天和三年（癸亥）　四十歳
○其角撰「虚栗」ナル。
○六月二十日、郷里ノ實母歿ス。
○冬、芭蕉庵再建。
貞享元年（甲子）　四十一歳
○八月東海道ヲヘテ外宮ニ詣ヅ。（「野ざらしの旅」）
○九月歸郷シ母ノ遺髪ヲ拜ス。

○大和、吉野、山城、近江、美濃、熱田、名古屋、等ニ遊ビ、歳暮郷里ニ歸ル。
○「冬の日」(七部集ノ第一)ナル。
貞享二年(乙丑) 四十二歳
○正月故郷上野ニアリ。
○二月中旬奈良ノ水取行事ヲ拝シ、京都、湖南ニユク、略一ケ月。
○三月末熱田ニユク。四月十日鳴海ヲ發シ、木曾、甲斐ヲヘテ月末江戸ニ着ク。(以上九ケ月ノ紀行ヲ「野ざらし紀行」又ハ「甲子吟行」トイフ)
○其角撰「新山家」出ヅ。
△後西上皇崩御(御齢四十九)
△山鹿素行歿(六十四歳)
貞享三年(丙寅) 四十三歳
○正月「初懐紙」ナル。
○春、「蛙合」ナル、「古池や蛙飛込む水の音」ノ句アリ。
○尾張ノ荷兮撰ニテ「春の日」(七部集ノ第二)ナル。
△下河邊長流歿(六十三歳)
貞享四年(丁卯) 四十四歳
○八月末、鹿島、潮來ニユク。(「鹿島詣」又ハ「鹿島紀行」)
○十月二十五日江戸ヲ發ツ。(「笈の小文」ノ旅ナリ)

○十一、二月ノ間、鳴海、保美、名古屋、熱田ニアリ。
○十二月中旬歸鄉ス。
○岡村不卜撰「續の原」、其角撰「續虛栗」ナル。

元祿元年（戊辰）　四十五歲

○二月伊勢ニ參宮ス。
○正月伊賀上野ニアリ。
○同月十八日亡父三十三回忌。
○三月吉野ニ花ヲ見ル。續イテ高野、和歌浦、奈良、大阪、須磨、明石ヲ巡リ、四月末京ニ入ル。（「笈の小文」又ハ「卯辰紀行」）湖南ニ移ル。
○五月、美濃ニ下ル。
○七月、名古屋、熱田ニアリ。
○八月、更科、善光寺ヲヘテ江戸ニ歸ル。（「更科紀行」）

元祿二年（己巳）　四十六歲

○三月初旬芭蕉庵ヲ去リ、杉風ノ別墅ニ移ル。
○尾張ノ荷兮撰ニテ「曠野」（七部集ノ第三）ナル。
○三月二十七日、「奧の細道」ノ旅ニ立ツ。
○九月三日大垣如行亭ニ入ル。（「奧の細道」ノ旅終ル）
○九月伊勢遷宮ヲ拜シ歸鄉ス。

○十一月奈良ヨリ京ニユキ、湖南ニ出テ越年ス。
○北枝撰「山中問答」ハコノ年ノ作トイフ。

元禄三年（庚午）　四十七歳

○正月伊賀上野ニ歸郷ス。
○二月伊勢參宮。
○三月中旬膳所ニアリ。
○四月國分山ノ幻住庵ニ入ル。
○嵐雪撰「其袋」、其角撰「花摘」、同「いつを昔」ナル。
○膳所ノ洒堂撰ニテ「ひさご」（七部集ノ第四）ナル。
○八月幻住庵ヲ去ル。「幻住庵記」ナル。
○霜月上野ニ歸リ、師走大津ニ出テ越年ス。
△度會延佳歿（七十六歳）

元禄四年（辛未）　四十八歳

○春、大津、伊賀、奈良ノ間ニアリ。
○四月十八日ヨリ五月四日迄、落柿舎ニ在リ。（「嵯峨日記」）
○「猿蓑」（七部集ノ第五）ナル。
○九月二十八日湖南ヲ發シ海道ヲヘテ、三年ブリデ十一月一日江戸ニ歸ル。
○橘町彦右衞門方ニ假寓越年ス。

○其角撰「雑談集」、北枝、楚常撰「卯辰集」、路通撰「勧進牒」ナル。
△熊澤蕃山歿（七十三歳）

元禄五年（壬申）　四十九歳
○「三等之文」（曲水宛書簡）
○「栖去之辨」「芭蕉を移す詞」ヲナス。
○五月芭蕉庵再建。
○支考撰「葛の松原」ナル。

元禄六年（癸酉）　五十歳
○春、猶子桃印歿（三十歳餘）壽貞病ム。
○四月「柴門ノ辭」ヲナス。
○秋「閉關之説」ヲナス。
○洒堂撰「深川集」出ヅ。其角撰「萩の露」、荷兮撰「曠野後集」ナル。
△井原西鶴歿（五十二歳）

元禄七年（甲戌）　五十一歳
○五月十一日江戸出發。二十八日伊賀上野ニ歸ル。
○五、六月ノ間、京洛、湖南ニアリ。コノ頃、壽貞江戸ニテ病歿ス。
○「炭俵」（七部集ノ第六）ナル。
○子珊撰「別座鋪」ナル。

○七月盆會ニ歸郷ス。
○其角撰「句兄弟」、荷兮撰「晝寢の種」、嵐雪撰「或時集」ナル。
○「續猿蓑」（七部集ノ第七）ノ撰ホヾ成ル。
○九月奈良ヲヘテ大阪ニ向フ。
○九月二十九日夜ヨリ泄痢ヲ病ム。
○十月十二日申刻歿ス。
△吉川惟足歿（七十九歳）

〔參考〕元祿七年當時文人一覽表

芭蕉ノ歿シタ紀元二三五四年ヲ基準トシ、同時代名士ノ歿年ヲ、紀元ヲ以テ上ニ示シ、括弧内ニソノ享年ヲアゲ、下ニ元祿七年當時ノ年齢ヲ示ス。當代文學思想界ノ情況ヲ一覽スルヲ得ン。

二三五七	賀茂眞淵	（生ル）	×
二三六〇	德川光圀	（七三）	六七
二三六一	契沖	（六二）	五五
二三六三	松下見林	（六七）	五八
二三六四	內藤丈艸	（四五）	三五
同	向井去來	（五四）	四四
同	伊藤仁齋	（七九）	六八
二三六五	北村季吟	（八二）	七一
二三六六	戸田茂睡	（七八）	六六
二三六七	寶井其角	（四七）	三四
同	服部嵐雪	（五四）	四一
二三六九	淺井了意	（七〇）	五五
二三七一	淺見絅齋	（六〇）	四三
二三七四	貝原益軒	（八五）	六五

二三七五	森川許六	(六〇)	三九
同	尾形光琳	(六二)	四〇
二三六七	山口素堂	(七五)	五三
同	小西來山	(六三)	四一
二三七六	與謝蕪村	(生ル)	×
二三七九	天野桃隣	(八一)	五六
二三八二	池西言水	(七三)	四五
二三八三	今井似閑	(六七)	三八
二三八四	西川如見	(七七)	四七
同	近松門左衛門	(七二)	四二
二三八五	新井白石	(六九)	三八
二三八六	園女	(七七)	四四
二三八八	荻生徂徠	(六三)	二九
二三九〇	服部土芳	(七四)	三八
二三九〇	本居宣長	(生ル)	×
二三九一	各務支考	(六七)	三〇
二三九二	杉山杉風	(八六)	四八
二三九二	荒木田麗女	(生ル)	×

二三九四	室鳩巣	（七七）	三七
二三九六	荷田春満	（六九）	二七
二三九七	椎本才麿	（八二）	三九
二三九八	上島鬼貫	（七八）	三四
二四〇〇	志太野坡	（七八）	三二
二四〇二	紀海音	（八〇）	三二
二四〇三	尾形乾山	（八一）	三二
同	澤露川	（八三）	三四
二四〇七	太宰春臺	（六八）	一五
二四二三	賣茶翁	（八九）	二〇

〈解説〉

おそろしい人

眞鍋呉夫

昭和十四年十月、われわれは同人誌「こをろ」を福岡から創刊した。その年の春、九州帝大の農学部に入学した矢山哲治を中心に、阿川弘之、島尾敏雄、那珂太郎などがおもなメンバーであったが、同人の平均年齢は二十歳、後年、「大東亜戦争」に従軍してもっとも多くの戦死者を出した世代でもあった。

矢山はその前年、まだ旧制福高在学中に詩集『くんしやう』を刊行し、檀一雄、立原道造など、一部活眼の先達からその大成を嘱望されていた。特に立原からは、彼が新しく創刊を夢見ていた詩誌「午前」への参加を慫慂され、長崎への旅の途中、福岡に立ち寄った立原を柳川に案内したりしたが、翌年の三月——つまり「こをろ」創刊のほぼ半年前には、長崎での喀血、帰京、入院後わずか三ヵ月余の他界という、急坂をころげおちるような立原の死に際会しなければならなかった。

矢山はその霹靂のような死に動顚しながらも、約三千字余に及ぶ立原の最後の書簡を、「詩人の手紙」と題して「こをろ」の創刊号の巻頭に掲載している。それが立原の遺志を継ごうという矢山の当為の一つであったことは明らかであるが、それでは「午前」の創刊に象徴される立原の新しい志向の契機はいったいなんだったのか。

それは「保田與重郎への急激な傾倒」であり、「そのための右傾化」であるというのが、これまでの文学史家の大半を支配してきた通念であった。なるほど、立原が「堀辰雄を超克しなければならぬ」と言ったのは事実であったろう。戦勝祝賀の提灯行列に参加したのも事実であったかもしれぬが、立原の矢山宛の書簡の中には、より高次な次のような記述がある。

「僕らの歴史の中で仮名の生れた日のリリシズムの開花をおもひださなくてはならない」（昭和十三年七月十九日付）

「だが、君はやはり（犀星の——眞鍋註）『愛の詩集』を何よりも愛してくれたら！愛するといふよりも更に、人間の生きることの根源で、詩が在る在り方を奪ひとつてくれたら（——これを逆にいへばいかに君の心が奪はれるかだ）！」（昭和十三年九月六日付）

立原の晩年の言行を教条的なイデオロギーで裁断することを以て足れりとするのではなく、今こそ初心にかえって「人間の生きることの根源」に新しい詩の源泉をみいだそうと真率に呼びかけているこれらの記述を虚心に読めば、むしろ当時の立原の内部には「所謂立原風の世界を超えて、新しい人間が誕生」（中村眞一郎「優しき歌」）しつつあり、たとえば鶴見俊輔が言う「立原のその熱烈な打込みぶり」（保田への――眞鍋註）は、その実、立原の内部に誕生しつつあった「新しい人間」からの「過去のいかなる文壇的ギルド系統にも所属しないところの、全く新しい別種の文学精神」（萩原朔太郎「詩人の文学」）としての保田與重郎に対する一種切迫したやむにやまれぬ呼応であったように、私には思われる。

いずれにせよ、矢山が自分はもう読んだからと言って、芝書店版の『日本の橋』を私にくれたのは、その年の末のことであったろう。おかげで、私ははじめて保田與重郎の最初の著書を手にすることができただけではない。たちまち、私がこれまでに出会ったことのない異様な文体が蛇行し、屈曲し、旋回しつつ、われわれの深部に眠っている未生以前の初々しい記憶を喚び覚ましていく。すると、その魂の隠国《こもりく》とでもいうべき漆黒の闇の中から、「石がちなるなかより湧きかへりゆく」（『蜻蛉《あきつ》日記』）と古人が書き留めたような水の音が漱々と高まってくる。いつのまにか喉もとまで近代の毒を嚥んで衰弱していた未熟な心身が、思いがけなくそういう清らかなみずみずしさに共振しはじめているのを自覚してにわかに蘇るようなめざましい思いをしたことを、私は今も忘れることができない。

以来、私はさながら眷恋の相手を追い求めてでもいるように『英雄と詩人』を読み、『エルテルは何故死んだか』を読んだ。『近代の終焉』を読み、『詩人の生理』を読み、格別『和泉式部私抄』を愛読した。

ところが、この巻に収録されている『芭蕉』が〈日本思想家選集〉の第二冊として新潮社から刊行された昭和十八年の十月にはすでに召集を受け、豊予要塞重砲兵聯隊麾下の一支隊に所属する通信兵として、大分県佐賀ノ関と愛媛県佐田ノ岬の中間に位置する高島という無人島に駐屯していた。しかも、その年の五月にはアッツ島の守備隊が玉砕し、翌十九年の末には東京が空襲を受けた。更に、翌々二十年の四月一日には、ついに米軍が沖縄本島に上陸したという。

だから、『芭蕉』を読むことはおろか、それが刊行されたことさえ知らなかったが、多分、米軍の沖縄上陸を伝えられてから五、六日目の日没後まもない頃のことであったろう。たまたま、島の頂きで対空監視の任務に就いていた私は、突然、不思議な錯覚にとりつかれてその場に立ちつくしてしまった。なんと、高島と佐田ノ岬の間に巨大な鋼板が敷きつめられ、その巨大な鋼板が心持青味を帯びた月に照らされて鈍い光を放ちながら、すこしづつ南の方へ移動していくではないか。——それが、戦艦「大和」の出撃であることに私が気づいたのは、その最後尾が高島と佐田ノ岬の間の水道を完全に離脱して更に数秒後のことであった。

なにしろ、世界最大の戦艦が出撃したのである。しかも、その主砲には一斉射で十機からなる敵の編隊を撃墜した実績があるという。だとすれば、その威力を発揮して、一挙に現在の頽勢を挽回してくれるかもしれないではないか。われわれはなにかひとつ、小さな灯がぽっと胸にともったような感じでそう思ったが、その結果は無残であった。

それから四ヵ月後の九月初旬、私が福岡の父の家に復員して最初に読んだ吉田満の手記、『戦艦大和ノ最期』によれば、「大和」はわれわれがその南下を目撃した翌日の正午過ぎから敵機と敵潜水艦の間断のない集中攻撃を受け、それから二時間後にはもう完全に巨大な鉄塊と化して海底へ沈んでいったという。吉田はその最期を悼んで、

徳之島ノ北西二百浬ノ洋上、「大和」轟沈シテ巨体四裂ス　水深四百三十米
今ナオ埋没スル三千ノ骸《ムクロ》
彼ラ終焉ノ胸中果シテ如何

という悲痛な弔辞を手向け、もはやその「三千ノ骸」の一体と化したかつての哨戒長臼淵磐大尉の生前の、次のような言葉を文中に書き留めている。

「進歩ノナイ者ハ決シテ勝タナイ　負ケテ目ザメルコトガ最上ノ道ダ」

それでは、臼淵大尉が口にしたという「進歩」とはいったいどういう意味だっ

たのかといえば、私がそれからまた半年ほど後にようやく読むことができた『芭蕉』の中で、保田は次のように書いている。

「西鶴の描いてゐたものは、隆盛に向ひつつある市民への奉仕に終始する文藝に他ならなかつた。それは市民階級の勃興などといふことを重んじる、舊來歴史観から見れば、進歩的と云ふべき態度である。(中略)しかもこの態度をさして、芭蕉がいやしいと云うたのは、民族の詩人たちの志の歴史の思想に立脚した批判である」

この一節を深切に読めば、わが国の富国強兵的な近代の成果の象徴としての「大和」を造りあげた諸力が、夙にこの頃から擡頭しはじめていたことが分るが、私はだからといって臼淵大尉の最後の立言を批判しようとしている訳ではない。いや、むしろ、今も「大和」の残骸の底に横たわっているであろう臼淵大尉が思いえがいていた「進歩」と、保田のこの一節が示唆している内実とはほとんど同義なのではあるまいか、と言っているのである。

また、だからこそ、芭蕉は「僧に似て塵あり。俗に似て髪なし」と称し、あるいは「世道俳道二つなし」と称しつつ、いかなる覇権に対しても、媚びず、諂《へつら》わず、業俳でも遊俳でもない狂俳の時空へと超出していくのであるが、ではその芭蕉の遺語の中でも最も人口に膾炙している「夏炉冬扇」、あるいは「不易流行」という二つの対語の本義はどういうことなのか。それは、これまで多くの人々が安易に思いこんできたような仏教的な空観とは似て非なるもので、

「我々の祖先は、一瞬や一刻に永遠をみるといふ冥想的観念論を妄想して喜んでゐたのではないのです。彼らは生活であり、生命存續の原因である米作りの周期を『とし』と考へ、この『一年』を循還するものと考へ、永遠に循還するものの根據と考へたのです」（『絶對平和論』）

と、保田は言う。これを要するに、芭蕉は有史以来、武家の専権に耐えて米づくりにいそしんできた生民の生活感情に依拠し、わずか十七字のやまとことばに「はらわたをしぼつて」（『三冊子』）、

田のへりの豆つたひ行《ゆく》螢かな

と、その米づくりにともなう四季の気象や風物や行事の循還の機微を晶化し、永遠化して、「萬世に俳風の一道を建立した」というのである。

尚、保田は京都新聞の夕刊に連載したコラムの一つ「削命」の中で、

「芭蕉は俳諧に志すものは、生涯に十句をのこせばよいと言つた。その十句は一句一句が、神のやうなものであらう。しかし、このことばをうらがへすと、一生涯に十句をつくることに生命をかけよといふ意味になる。おそろしい人である。しかし、その人についていつたたくさんの人がゐたことは、またおそろしいと思

ふ」（昭和四十三年四月十七日付）

と、書いている。保田がこの文中に引いた芭蕉の遺語は、去来と許六の『俳諧問答』の一節、「むかし先師、凡兆に告げて曰く、一世のうち秀逸の句三、五あらん人は作者なり。十句に及ばん人は名人なり」に拠ったのであろうが、もしこれを初心者へのこけおどしと思うひとがいられれば、こころみに心眼をみひらいて、自分の好みの俳人の句を選んでみられるがいい。その俳人の夥しい句の中から五句を選ぶことさえさほど容易ではなく、いわんや十句を選ぶのがいかに困難であるかということに、たちどころに気づかれるにちがいない。

即ち、保田が芭蕉を「おそろしい人」と書き、柳田國男を「畏い人」と書いたのと同じ意味で、私が保田與重郎を近来稀に見るおそろしい人だと思う所以である。

保田與重郎文庫 11 芭蕉 二〇〇一年十月 八 日 第一刷発行
二〇一八年一月十八日 第二刷発行
著者 保田與重郎／発行者 中川栄次／発行所 株式会社新学社 〒六〇七—八五〇一 京都市山科区東
野中井ノ上町一一—三九 TEL〇七五—五八一—六一六三 定価九九〇円
印刷＝東京印書館／編集協力＝風日舎
 ISBN 978-4-7868-0032-0